小时光

黄永武 著

九 州 出 版 社

JIUZHOUPRESS

图书在版编目（CIP）数据

小时光 / 黄永武著. -- 北京 : 九州出版社,
2023.11
　ISBN 978-7-5225-2500-6

　Ⅰ．①小… Ⅱ．①黄… Ⅲ．①散文集－中国－当代
Ⅳ．①I267

中国国家版本馆CIP数据核字 (2023) 第237043号

小时光

作　　者	黄永武　著
责任编辑	关璐瑶
出版发行	九州出版社
地　　址	北京市西城区阜外大街甲 35 号 (100037)
发行电话	(010) 68992190/3/5/6
网　　址	www.jiuzhoupress.com
印　　刷	北京盛通印刷股份有限公司
开　　本	880 毫米 ×1230 毫米　32 开
印　　张	11
字　　数	182 千字
版　　次	2024 年 3 月第 1 版
印　　次	2024 年 3 月第 1 次印刷
书　　号	ISBN 978-7-5225-2500-6
定　　价	68.00 元

目　录

辑三

辑一

爱情是一把尺

爱情是一把尺，恋爱深沉时，也最容易量出人格的深度。纯正的恋爱态度，同时也纯正了人格，在恋爱时总是尽可能表现心灵高尚的程度，这时如果不能提高自己的人品，将永远不会再提高。

爱情是一把尺，从恋人脱胎换骨的速率中，可以量出爱的力量有多大。

爱情是一把尺，爱的深度与宽容的广度成正比，心灵褊急，爱的能力就小。

爱情是一把尺，我们崇拜某种优雅的质量有多高，以为全在情人身上，才把他看得有多高。

爱情是一把尺，爱一定崇拜对方，而情人美的高度常无法计量，因为他等高于信仰，等高于上帝。

爱情是一把尺，双方自由自在谈话时，愉悦眼神里释放出来温存眼光的明亮度，可探测内心隐秘的深度。

爱情是一把尺，信任度愈高，量出的爱情愈牢固，因为爱就等于完全信任。

爱情是一把尺，从情感的共鸣度中量出深情。

爱情是一把尺，古人爱从反面测量，由"杀千刀""冤家""死鬼"等粗俗的骂俏声中，量出深深的爱意。

爱情是一把尺，嘴里说得天花乱坠的，内里量出来的爱常常很少，所以调情的圣手，往往测不出什么爱的。

爱情是一把尺，过分急切地需要爱快快成长者，每每导致爱的负成长。就像手里的花握得越紧，就凋零得越快。

爱情是一把尺，爱得过分强悍，就爱得短。

爱情是一把尺，向爱予取予求，得寸进尺，唯意所欲者，爱就被破坏无遗。

爱情是一把尺，情爱初起时，那倾心的圣洁时分，喜悦的热度是无穷大的，但到了随便的情欲之后，就归于零。

爱情是一把尺，经常寻欢作乐的好色之徒，根本量不出爱情的温度，而逢场作戏的爱情，随着时光转瞬的流逝而减弱，徒然成为庸人的趣味。

爱情是一把尺，一个人了解爱情的分数，其实就是了解生活的分数。

爱情是一把尺，"阅人多矣""故事长矣"的男女，爱的能力反而最脆弱、最短促，中国谚语说："结发夫妻甜如蜜，半路夫妻硬如铁。"所道出的情意长短，也许可作为诠释的脚注。

爱情是一把尺，无拘无束，自由度愈大，爱得愈真。愈受外界的捆绑约束，愈能量出内心惊人的爆发力。因此，凡被一切外力强制、诱引、牵着走的爱情，没有爱的淳厚度。中国谚语说："捆绑不成夫妻"，不自由的爱是没有价值的。

爱情是一把尺，恋爱者担惊受怕，从而产生纷乱的思想与幻觉，纷幻惧怕的程度，常与钟情的程度成正比。

爱情是一把尺，谁爱了谁就情愿受罪，情愿终生背负巨大的责任，所以恋情有多深，量一量配置的磨难往往也有多深。

爱情是一把尺，受创的爱情隐痛至久，带着历史的长度，不是世俗的尺能测量的。

爱情是一把尺，地图测量常用缩微尺，爱情事件则常用放大尺，甜酸苦辣都放大千百倍。

　　爱情是一把尺，既衡量出个人文化素养的高度，也衡量出一个民族文化素养的高度。

　　爱情虽是一把尺，不会量自身，真爱是无从测量深度的。

隐秘的恋人

英国查尔斯王子与戴安娜的婚姻，原本是一百分与一百分的结合，因为天下女孩的梦中情人，就是"白马王子"，而查尔斯是现今真的骑着白马的王子，戴妃则作风平民化，不以皇室血统骄慢人，其眸光笑靥，任随摄影机从不同角度拍摄，面面是天姿国色，真是一位"千面观音"，他俩都是顶尖中最顶尖的男女。

然而各自一百分，并不代表加起来的婚姻仍是一百分，婚姻依赖的是双方努力经营的真心，而不能单靠炫耀各自拥有的优越条件。婚姻遇到瓶颈时，必待容忍、体谅来感动对方，而不是迷恋自身优越的条件，以为自己随处可以找到填补空位的人，满不在乎，任令荒芜。所以豪门富宅里掩面哭泣的婚姻，不比蓬门板屋为少，因为他们比贫家自大，远不如自身条件不优越者那样兢兢业业，肯付出真心。

中国的古老小说里，有一个鹅笼书生的故事。书生住在鹅笼中，无聊的时候，从口中吐出一个年纪十五六岁的绝色少女，陪自己宴乐。但书生一旦醉卧，这女子说："我虽与这书生结为夫妻，但心中有怨。"于是从口中也吐出一个偷来的男子，年约二十三四而颖悟可爱，和自己谈情说爱。当醉卧的书生有点想醒的动作，这少女就赶快吐出屏风来遮住书生，书生稍醒转来就拉少女进屏风里做爱，这偷来的俊男一个人无聊，亦蹑手蹑脚地从口里吐出另外一个二十刚过、与自己同世代的女子来陪伴嬉戏……

过了很久，等书生有起床的声音，这俊男赶快用嘴吞藏同世代的女子，一会儿工夫见那少女匆促奔出，以最快的速度用嘴吸纳那可爱的俊男，装作一人寂寞独坐的样子，不久书生出来就把那少女吞回了嘴里……

如此怪诞不经的故事，人世间绝不可能有的，却偏是人性的真实。这故事据考证是来自印度佛教的《杂譬喻经》，可见乃是古今中外人性中的共通点。你以为自己聪明，本事大，可以藏着秘密的恋人，这恋人也同样有办法另藏着更隐秘的情人。你自以为高明地欺蒙着别人，别人也不甘示弱地欺蒙着你，你无聊时有个秘密的出口，对方同样在无聊时另有秘密的出口。

查尔斯王子背着戴安娜，吐出一个卡米拉来寻找安慰，没想到戴安娜心中有怨，也同样吐出个马术教练休伊特来寻找安慰，休伊特在寂寞的时候，难道就一心在等天仙戴安娜吗？还不是出卖"王妃恋情"的私隐来营利，只想结束这段神奇梦幻的经历，以便另找快乐的婚姻生活。这现世的王子故事，竟是活生生的鹅笼书生的再版，一报还一报，一怨激一怨，这种婚姻注定是貌合神离的怨偶。

但当戴安娜在电视上公开承认与马术教练有染，并且说她原本仰慕着他，这一举大出"鹅笼书生"故事之外，并令出卖"恋情隐秘"来赢取名利的休伊特愧煞，真爱是一字也不该泄露的，亏他还说得出不想再出卖戴安娜写的一百多封情书了，天啊，难道连情书也想出卖来交换现世的利益吗？真是人格扫地，辜负情人的深恩了。

人世间骑白马的王子不多见，民主时代，却出现了各行各业的王子，王子们应该记取查尔斯戴妃的故事，美人易得，美人心不易得。有时相处十年得不到，反而可能在一场邂逅中得到了；有时在各种财势优越条件下得不到，反而可

能在一次真心感动下得到了，婚姻重要的不是优越条件，而
是诚意与真心，娶得绝代美人而不去获得美人心，"网得西
施别赠人"，不是天下第一笨瓜是什么呢？

情人庙

从石牌爬山去情人庙，以前是要攀崖壁、涉蔓草，历经崎岖曲折才能到达的，日前再去一次，发现山路早经整顿，一路舒坦，可是记忆中的情人庙，已经拆毁！只见有游客用手在原址丈量比画说：

"这里以前是牛郎织女殿，那边是卓文君司马相如的酒垆……"

踩着满地的碎瓦断垣，好不心酸！

北投情人庙为何而兴建？我不明白那段因缘。猜想可能是一位对情人念念不忘者，纪念着无可弥补的一段心事缺憾吧？但情人庙的维持一定很难，庙中少有香火，又没灵签，仅供游赏，谁来做施主呢？情人庙的短命，几乎是意料中的事。

这使我想起杭州西湖白云庵旁曾有一所月下老人祠，由藏书家丁丙在清末兴建，颇为高雅，祠门的那副对联，是青年男女的最爱：

愿天下有情人都成为眷属
是前生注定事莫错过姻缘

先父告诉我说，他在民国十九年时曾前往游览，看到许多年轻人在求签，然后以签句相互笑谑，他那时已婚，没什么可求，只想问问看夫妇能否白头偕老，结果求到第四十九签，居然是韩愈《祭十二郎文》中的两句："两世一身，形单影只。"心中起了个疙瘩，下一年，妻子竟因吃螃蟹而暴病过世，所以先父对月老祠颇生敬畏，也对姻缘是前生注定事深信不疑。

后来先父再娶了我的母亲，抗战年间，带着孩子重到杭州，但月老祠已被日军焚毁，祠中由清末大儒俞樾、金可庵所辑的签诗一百则，则则有出典，意多双关者，也一齐化作灰烬，杭州月老祠是靠香油钱支撑的，不幸也属短命。

天下的婚姻固然都是情人，但情人不一定都成为夫妻。婚姻的情义固然天经地义，但情人的怀念更可以刻骨铭心。所以月老祠的促成良缘，那红线固然可喜，但情人庙的感念旧情，那祝福更属可佩。

所以我仍希望情人有一所庙，因为到月下老人祠里去求婚求子，多少还带点实用的功利目的，而去情人庙则是毫不势利的纯美的欣赏与赞叹！月老祠的灵签与香油钱，无论是许愿或酬谢，多少带点贿赂神佛的意味，而情人是绝不计较亏欠，绝不要求任何酬答，否则哪里还算是伟大的情人？

我仍希望情人有一所庙，因为天下情人都是恩人，互相扶持向上，砥砺陶铸，化育之功更胜于一般恩人。古人说"知己重于感恩"，情人当然是知己，比恩人更情重。情人而不能互勉共荣，互通衷曲，就不是情人。若终于相互恨毒报复，那根本是情魔色鬼，不配做情人。

我仍希望情人有一所庙，因为古今之中，只有情人是真正能够超脱宗教、省籍、政党、贫富等隔阂之外，来相互关爱的，像罗密欧与朱丽叶，能化解世族的仇恨；像卓文君与司马相如，能坦然面对贫富的差距；像牛郎织女，更战胜了遥远的时空，所以能成为伟大的情人。

我仍希望情人有一所庙，因为任谁心中都隐约存在着崇

拜的情人，既然如此，把千千万万人私心最隐秘而又最真实
存在的影子，设一座庙来象征，让大家奉上一瓣心香祝福，
不是挺美吗？

人间善缘

　　和年轻人聊天，年轻人对于"成功"充满着憧憬，凡是对如何能成功地开创前程，总是最爱听的题材。

　　我喜欢告诉他们说，一个人想要成功，"自己行"当然是首要的条件，但单靠自负"自己行"，愈行可能阻力也相对地愈增加，还是不能成功。"自己行"只是"因"，还得依仗外界助成的"缘"，阻力一旦化成了助力，助因与助缘相互凑合，有时连自己都会惊讶为什么森罗万象之中，居然百巧凑齐，才做成了一件大事。

　　佛家说："飞花坠叶之中，可作因缘观。"春花秋叶，好像万物都一样在大自然中生灭，但每颗种子的命运际遇都不一样，种子是前后相生、代代相传的"因"，但种子将掉在哪里？是泥土还是石头？是入土还是被飞鸟吃了？发育的地方适合长成树林，还是迟早要被踩踏？长树的土壤肥沃还是贫瘠？水分阳光是充足，还是欠缺？附近的人喜欢砍树焚草，还是爱惜保护？这些都是这颗优秀种子不测的命运，掉在哪里的因与缘，就决定了树的天命，所以任何一株参天大树，都是百缘相助，才成就孤高的身影。一个人的事业成功，其所待助成的缘，当然尤加复杂多变。

我又爱做简单的比喻，"自己行"，就像你有了灵敏的眼睛，但要事业成功，就像眼睛能看到东西。眼睛看东西好像十分简便，其实条件还是不少，东西太大太小看不见，东西太远太近也看不见，东西与眼睛中间有阻隔当然看不见，光线不足一样看不见，心不在焉更是视而不见……"眼睛好"只是因，想要看到东西，传达到脑中而加以辨识，从内到外要多少条件齐备才行，少一样就不行，你想嘛，人若光是靠"自己行"，而忽略因缘合成的助力，如何能成就事业呢？

人想成功，就得注意两方面，一方面要认识自己，明白"物大喉小吞不得，担大肩小挑不得"，实力有多少，要有自知之明。再则努力充实自己，尽人力来弥补天命，勤勉，砥砺，不废时，不失务，来开拓厚实自己的"因"，天命虽很难明白，但"作之不止，可以胜天"，善因的改造增进，实在操于自己手上。

另一方面就是所谓"广结善缘"，善缘愈多，成功的助力愈大，善缘固然要维系珍惜，恶缘也要设法去改造消弭，记得虚云老和尚最爱讲一个改造恶缘的故事：

有一位和尚在返寺途中，遇到了大雨，时近薄暮，天色昏黑，只好去找一家别墅求宿一宵。别墅的庄园很大，守门的见是和尚敲门，问明来意，就直爽地对和尚说："我们家主人对僧道无缘，请你另做打算吧。"

和尚恳求道："附近连个小村野店都没有，还是请求给个方便。"

守门的说："我无权做主，等我问一问主人。"过了一会儿守门的走出来，仍然是不答应。和尚只好请求在门槛下趺坐一晚，结果守门的也不肯同意。

和尚不得已，只求问得主人的姓名别号，便冲着大雨，全身湿透，奔回寺庙。和尚回寺后就依主人的名号，立了一个长生禄位，每天诵经，将功德回向给他，祝他富贵长生。天天如此，过了三年，有位绅士携眷来寺庙游玩，忽然瞥见自己的名号被写在显眼的长生禄位上，非常奇怪，询问小和尚，小和尚只知道方丈每天在此回向功德，已经三年，并不清楚原因。再去问方丈，方丈才说："我和他没有善缘，所以三年来一直诵经，希望和他添些缘、解些结！"这位绅士听罢惶悚难过，他就是大别墅的主人，后来竟成了这所寺庙经常供养的功德主。

　　能化恶缘成善缘，人生成功的路子自然十分宽广了。

欣赏妻子

　　谁都听说过一句话而且深信不疑："老婆是人家的好，文章是自家的好。"如果进一步问："为什么呢？"许多人或许就不知其所以然了。其实关键就在懂不懂欣赏嘛！捧着自己的诗文，横欣赏，竖欣赏，"酒倾杯尽疏狂发，大笔连圈自己诗"，因为肯用欣赏的眼光，读自家的文章，文章才特别好。若在欣赏自己妻子的时候，眼光不要老是向外弯，也肯像面对自己的文章一样，横欣赏，竖欣赏，红笔打圈，妻子哪有不美的？

　　要欣赏自己的妻子，首先可应用欣赏一般妇人的方法，有人主张"墙上、马上、楼上"三个"上"的妇人最美，这是欣赏的角度常换换仰视俯视的姿势，八面玲珑，视角不同，风景便不一样。

有人主张"旅中、醉中、日中"三个"中"的妇人最美，这是欣赏她换了个不同于家庭主妇的角色，有时像邂逅的游伴，有时像斗酒的狎友，有时像奔走的同志，角色常换，心情愉快，风貌不一样。

有人主张"月下、烛下、帘下"三个"下"的妇人最美，风帘花架，月光烛火，这是恢复妻子一些罗曼蒂克的气氛，带点烟，带点雾，带点仙，带点神秘，风情就不一样。"数苞仙艳月中出，一片异香天上来"，嗯，谁不是在朦朦胧胧比灯火还暗的月光下，才动心地把妻子娶来的呢？

再则欣赏妻子，当然也须随着年龄的老少，容貌性格心意的变化，而转变一些欣赏的重点。

年轻的妻子像一朵花，欣赏可以侧重在"态"。妻子开心的时候，"媚体迎风"，鲜艳得像花朵的照片。发怒的时候，"星眼微瞋"，神秘得像黑黝黝的电影。哭泣的时候，"梨花带雨"，模糊得像泼墨的水彩画。睡觉的时候，"鬓云乱洒"，粗线条像乱针的刺绣图。生病的时候，"瘦靥销红"，冷峻得像一座没表情的铜像雕刻。总之，都是艺术品。

中年的妻子像一首乐曲，欣赏可以侧重在"情"。妻子有插花赏月的时候，欣赏她青春不老的芳情；有全家踏青郊游的时候，欣赏她洒脱不羁的闲情；有一人独在窗口傻坐的时候，欣赏她回味神秘往事的幽情；有带点撒娇、语此意彼的时候，欣赏她默契常在的柔情；更有一番雨一番晴，哭完了就笑的时候，那就欣赏她率性而为之中，有一段"不可磨灭之真"的痴情。

老年的妻子像一座博物馆，欣赏可以侧重在"心"与"历史"。欣赏一下妻子对丈夫数十年来寒暑的殷勤调护，这份"细心"难得；欣赏一下妻子对子女数十年来的珍重照顾，这份"爱心"难得；欣赏一下妻子对家庭有始有终做到了"忘形骸，共甘苦"，这份"耐心"难得；古人说"九死易，寸心难"，得到了这经历一世而无怨无悔、忠贞不二的心，就欣赏这恩深情重的"痴心"吧！

面对妻子难

一提到"面对妻子难"，有人就想是薪水袋太薄，交给妻子时，不免腼腆自卑吧？有人就想是住屋太小，又没有香车，何以对美人？有人就想起河东狮吼，家有悍妇，良友不会上门，只有独力周旋，所以面对很困难；也或许有人想得更歪，猜想丈夫有什么闺房暗疾，每每让太座失望落空之类，所以汗颜对妻子……

这里所说的"面对妻子难"，全都不是这些，而是说妻子与你切身生活在一起，毫无隐匿可言，当你在夸耀自己的财富地位时，独有妻子最明白你是如何钻营龌龊，才得来这些的，你一望坐在旁边的妻子，声调里带点羞赧了！当你在自诩如何淡泊名利、看开一切时，独有妻子最清楚你在失官失财时，一样失眠头痛、唉声叹气，你瞄一眼妻子脸上轻蔑的神色，立刻吹不下去了。

丈夫如果前言不对后语，如果嘴里一套，身上是另一套，灵明一点的妻子，就像一面冷眼静观的镜子，让你彻头彻尾，真伪裸露，纤毫隐私都难逃她的法眼。所以古人说"妻妾乃屋漏之史官"，妻子像屋漏亮光处有天有神的史官，所以一个人能无愧无怍地面对贤妻时，也就可以不愧不怍地面对世人、面对鬼神、面对千古了！这真是谈何容易呢？

"面对妻子难"的主要原因，是贤妻毕竟较少涉足复杂的机心争斗，还保存着质朴的天性，想法里总比较纯洁真挚，"真诚"原本是最难面对的呀！历尽了炎凉沧桑的丈夫，常会装模作样，在大庭广众面前，只要一时一事，不露出本相的破绽马脚，就像个贤人君子，但在室家之中，平素的行为，能不被妻子看扁，那才是真学养！有时丈夫还在谎话连篇，而妻子的一声抢白，让真相泄了底，有点败事似的，当其冲口而出时，先生想去踩太太的脚暗示阻止，已经来不及了。但若从深层的意义来看，妻子在男性复杂的社会之外，始终保持着可爱的率真，不遮掩不扭曲，这份母性的纯真，还倒是人类社会希望之所系呢！

母性的贤淑明达、正直爽朗，教养了孩子，煦育了人类的品性，也使做丈夫的"欲自匿而不得"，做丈夫的要能说话时"四顾无愧色"，要能赢得"近习之人起敬"，真不容易，还有什么比天天监督在左右坦诚的眼光更严厉的东西呢？所谓"妻贤夫祸少"，"天堂等着那些凡事听取妻子劝告的人"，也就是靠这份光明坦诚的力量呀！

吉祥的家庭

近年来风水之说，又有复活的趋势，新官上任，对办公桌要怎样摆很在乎。新宅布置时，对门要哪边开，床要如何安置，许多人都超越健康的原则，而大谈舆地方位，头顶有横梁不吉利，门口有电杆会冲克……其实一个家庭有没有"吉祥相"，哪里会在梁柱电杆上？

清人周文炜写过一篇《观宅四十吉祥相》的文章，他认为家庭的吉祥与否，可以从寻常日用之间来观察，看法很特别，用之于现代家庭，仍极有参考价值，譬如说：

桌上没有淫书——家里订阅《花花公子》，或常租看黄色录影带，这个家庭好得了吗？

客厅里常有二三十年前的老朋友——足证他为人还不错，日久见人心嘛。

没有老人被逼去出家——能包容无依的老人，子孙也忠厚，家有不肖子弟，往往是自己事亲不孝的孽报。

别人讲"报应"的故事，喜欢听，不反感——内心没有亏德的事，也不是一个愤懑不平的人。

没有口角——好家庭总是春风熙熙，没有疾风暴雨。

餐桌上没有拿筷子打节拍的——即使在高兴的时候也不忘记基本的礼仪。

家里不打牌——这种纷哗盈座的恶趣，最容易糜烂善性。

常常提起祖父或亡父的故事，甚至对有人送给他们的诗文，子孙还能默念出来——这是一个懂得报德的家庭。

不把祖父或亡父的石图章磨掉，刻作自己的姓名——磨掉先人的名姓，不但不念旧，同时也显现出计算得太精苛，是个不留余地的人，无情刻啬的人，必然薄福而容易惹祸。

不把别人送礼物视作当然，收了一定答谢——懂得一介不取，就少敛怨。

亲自送出门外的，常常是一些穷亲戚——富贵之家，有穷亲戚来往，就是忠厚之家，何况礼貌周到。

常有近邻来拜托琐屑的事情——肯给人方便，常常会给自己方便。

言谈之间常冒出几句古人格言——是个懂得自省而有分寸的人。

家里有陈年的老家具或器皿——能保用几件器皿，毕生不破不损的人，就表示他有节用爱物的美德，这种人小心做事，善于管理，可以托以重任。

嘴里没有刻薄尖酸的议论——是个不肯伤和气的厚福之人。大凡总是疑心别人都"不肖"，傲慢别人都"不如"，羞愧别人都"不懂"，弄得别人受辱"不堪"的，必然是个戾气致殃的家庭。

当然，家里常带点读书声，那就更吉祥了！

如何是有福

谁算有福的人呢？很难回答。从前禅家教人反复念一句话："如何是多福？一丛竹！"反复地念，反复地参究，从这似通非通的句子里闷迷求悟，念上好几年，竹报平安，平安就是福吧？未必是。竹子丛生而不相妨，象征团结和谐就是福吧？也未必是。禅家以这句话来"参话头"，可见若是参通了如何是多福，也就悟了道。

福是什么？俗世以为钱多是福，其实乱世钱太多常常成了祸根。俗世又以为权大是福，其实权重的人自己忧得深，也被别人怨得深。大富的人盈亏出入大，大贵的人升沉变化大，身心劳苦者居多，未必真能享福。

且看看中国哲人替"有福"下的定义吧：

"有福是看山"，说到"看山"，许多人一口决绝："我哪有工夫休息看山？"愈是一口决绝没工夫的人，愈是需要休息看山的人。不能远离一些俗情，用花木禽鱼中的趣味来陶适性情、纾解劳累的人，往往没有内心生活世界。所以能在名利奔竞之外，做做烟霞泉石的主人，才有福。

"心闲方是福"，基于琐事愈少，人生才愈丰富的原理，拨开繁剧的琐事，挣脱缚人的尘网，能到达"事了心了"的境地，最有福。不然，就把嗜欲淡下来，至少可以消弭灾祸，增加福气。懂得"随取随足"的处世哲学，才能心闲而受福最多。

"行善就是有福"，为善心常安，为利心常劳，心劳是祸，心安是福。没福的人是不会行善，也不肯行善的。肯行善的人，是天开启他的心扉，让他感受行善之乐。不肯行善的人，是天关闭他的灵觉，让他吝于行善，自以为没有行善的能力与必要，有福没福，天性分出了两条路。

"人生常有小不如意，便是福"，常带点委屈的人，懂得戒慎反省，懂得成事不易，不容易犯小人得志的毛病。凡事肯吃点小亏，才能体会出：亏人是祸，亏己是福。

"不执拗者有福"，性格就是命运，执拗不化，老憋着好胜好强的一口气，容易以悲剧收场，因为：胜人是祸，饶人是福。尤其在骨肉之际，夫妇之间，多留一分圆融浑厚，就多一分福，有人偏要在这里分个明白是非出来，一定福薄。

"谐俗才是福"，所谓"不能谐俗知非福"，谐俗是指人际关系和谐，大凡相信"你好我也好"的人，人际关系才最和谐，而心无愧怍的人才会相信"你好我也好"，处世的趣味是从不愧不怍中产生出来的。也唯有如此，才能做到"无争于人，无憾于己"，精神才能真逸乐，心中才能真安享。

"清净读书就是福"，能够扫干净了地，泡一壶茶，焚一支香，清清净净，已经是有福了。没福的人，栖栖遑遑，颠倒妄想，总有一百种一千种理由让他清净不住。静坐之余还能读读书，才读一两句话，就觉得受用无穷的人，何等有福呀！身心有个栖泊处，生命有个安顿处，以书来养心，当然有福气。如果身体既健康，温饱有余，资质也不是下愚，再能加上满眼是秀发的儿女，左右是高雅的图书，天天正常顺利地过活，哇，老天赐下的福，还有比这更大的吗？

教子之方

　　谈到教子之方，我想起家乡浙江嘉善县的钱家，有很特别的方法。钱家人才辈出，在明朝就是一品官，至清朝仍出一品官，民国后依然是大官，中共建立政权至今，钱家清望不衰，仍如特任官。常言道：家世显赫，不过三代。但钱家居然"累世簪缨"，历经五百年而门第不衰，真可说是一个异数。家乡盛传钱家世代积德的故事不少，其中最传诵人口的就是：钱家绝不打骂子弟，责备得最重，也算是最践踏孩子自尊心的一句话，就是骂他："你这块料子，恐怕只配去做个县长！"

　　"只配做个县长！"县长这样的芝麻小官，乃是钱家最藐视子弟的一句骂人话，把孩子的自尊心抬得何等高洁？让孩子的自信心与眼界放得何等宽阔？当然什么"浑球""白痴"等，不可能加在自己子弟身上，更不用说什么"三字经"等不堪入耳的下流话了。从这一点看来，就知道教子之方，首先在尊重孩子，你以什么身份期许对待他，他就可能成为什么，待之如国士，他就以国士回报你；待之如瘪三，他就以瘪三回报你。古语说："父母之乐，莫乐乎有令子。"既然如此，身为父母的首先要以"令子"对待他、期许他，必须如此，父母才真有"令子"的可能。

西方哲人也说："教育的秘密，在于尊重学生。"教子弟的秘密也在这里。要尊重子弟，就得避免烦碎唠叨，《温氏家训》里说："父子最忌小处烦碎，烦碎相对，面目可憎。"烦碎常常是忘了尊重的缘故。要尊重子弟，一切策勉劝导，要简单而让他安宁，富贵人家讲究的礼节多，父子间反而疏阔，因为父亲若端着一个高高的架势，连母亲也畏惧三分，孩子当然自卑得毫无自信了。所以父子骨肉间，愈平易融洽愈好，多一分浑厚的关爱，才多留一分活泼的天性，才可能多增一分门第的吉祥。

当然，教子弟的最有效方法，并不单靠动嘴巴，身教比言教更亲切感人，父母自己爱读书，孩子哪有不爱读书的？

父母自己只会耍花枪，孩子哪有笃实淳厚的？所以父亲若想从身教上履行尊重孩子，就得先从尊重妻子做起，建立一个没有责备而只有鼓励与尊重的家庭，让孩子一回家就感到温馨和悦，父亲对母亲的甜言蜜语，就是给孩子最大的鼓励力量。孩子若见父母顶嘴不和，心头的阴影会使他整晚无心看书，父亲若对母亲常发脾气，即使这脾气是为了孩子的功课而发，那也只有使孩子更无心向学。大凡相信"人前教子，背地责妻"的大男人主义者，往往弄到妻怨子怒的结局。要想孩子好，最佳的方法乃是先对你妻子好，在欢乐、宁静、自尊之中，才出好子弟。想想钱家世世代代芝兰竞秀，玉树生香，就是不用打骂教育，要骂也只骂"去做县长"而已，确实值得深省。

友谊

西方哲人说："如果我们都能看透别人的想法，那么所有的友谊都会冰消瓦解。"又说："如果听得到背后全部批评我们的话，那么根本不会有友谊的社会。"喔，真悲哀呀，仿佛所谓友谊，是建立在迷迷糊糊、既聋又哑的条件上。中国古谚说过："不哑不聋，难做阿公！"难道所有的友谊都必须建立在心思不能太透、耳朵不能太灵上吗？

中国人看"友谊"，绝不是如此悲观的，把"朋友"列为五伦之一，认为不是朋友的引荐，即使有才干也没人重用你的；不是僚友的称誉，所谓名声也无法显扬出来；不是友情的激励，所谓道义也无法彰明显著，所以对于"择交"很虔敬，对于"审交"很谨慎，对于"笃交"很诚挚。

明代的陈益祥，与赵仁甫仔细讨论"真朋友"可贵的地方，得到了五点结论：

贫不在殷勤，而在忠告。

贵不在施舍，而在谦冲。

缱绻不在生前，而在身后。

欢合不在华饫，而在雅淡。

称扬不在面前，而在背后。

前面两条，与"贫而无谄，富而无骄"的古训相似，穷朋友可贵处，不在走动殷勤，而在能提出直言忠告；富朋友可贵处，不在施舍馈赠，而在谦冲有礼。第三条能将友谊保持至身后的人，当然不为盛衰而改节，不为寒温而改态。第四条说友情可贵处在淡雅长久，酒肉朋友是没意思的。第五条说友情不重在眼前的敷衍与拍马，重在背后真心的称扬。

酒肉朋友之所以不可交往，主要其中有的是香臭清浊不分的"泛交"；有的是同一阵线便安置到膝上捧着，不同阵线便推坠到渊中压着的"私交"；有的是趋炎附势，借光增价的"势交"；有的是利益团体，像聚集了一团蝇膻的"利交"；有的是同床异梦、共席异心的"态交"。这些朋友，即使一时亲昵，迟早会招衅生隙，中途弃捐，根本经不起时间与境遇变迁考验的。

《白虎通》里把朋友的道理归纳为四点：相聚时以正道切磋，以友辅仁。相离时常常称道推崇。快乐时想着他，希望能与他有福共享。患难时协助他，希望与他有难同当。把朋友的可贵处全列出来了。

不过古代人把友谊的标准定得太高，在今天现实的世界里也许会失望的，那么我们至少相信，友谊的存在，提供了双方的愉悦，真朋友其实是无欲无求的，一位近代哲人说："一个不是我们有所求的朋友，才是真正的朋友。"以这样的标准去找真朋友，就不至于太苛细了。

交友之道

《水浒传》的作者施耐庵曾说："快意之事莫若友，快友之快莫若谈！"认为与友人相处，谈天说地，是天下第一等快乐的事，因此，如何交朋友，建立友谊，乃是每个人所重视的。

前人把朋友分成许多类：以道义相勉，有过失相劝的叫"畏友"；有急难相助，逢死生可托的叫"审友"；知面不知心的叫"面友"；只知甜言蜜语、酒肉游戏的叫"昵友"；遇到有利益就相夺，有患害就相轧的叫"贼友"。佛家还有"华友""秤友"的说法，"华友"是因着地位盛衰而友情冷暖的人；"秤友"是因着礼物多寡而友情厚薄的人，所谓"世人结交须黄金，黄金不多交不深"的那种人。

谁都希望交到"畏友""审友"，这些君子人有一颗美雅的心灵，自然感化朋友们进德修业，好朋友就像"佳酵"，古谚说："要做好人，须寻好友，引酵若酸，哪得甜酒？"酵酸臭的，引出来的酒自然不会甜美。

然而君子在友情的表现上，总是给人"易疏而难亲"的感觉。小人容易相狎，一下子就没有距离，君子则比较端庄，容易产生距离，所以在友谊的施受分寸上拿捏得准并不容易，亵近则容易受人欺慢，会交到坏朋友；庄严则容易被人惮畏，不易交知己朋友。平时强项而喜好直言的人，其实乃是患难时不肯负我的人；平时软熟而只讲好话的人，可能是一遇苦难就掉头而去的人，如何选择？如何保持情真而常敬、交欢而有礼，谊久而不衰？真是大学问。

常听到一句话："相识满天下，知心有几人？"所以有如此的感慨，可能是把"知心"的标准定得太高了。沈长卿曾严格分辨说：邂逅时彼此寒暄，面目恍惚记忆的，只算"相识"不是"相知"；朋友有荣耀喜事，向他致贺而无所策勉，朋友有灾殃坏事，勉力尽礼而谈不上亲切，只算"相与"不是"相知"；孤独时希望有个援手，炎凉之中希望有个贵人依仗，只算"相结"不是"相知"；喜庆吊丧必不缺席，问候致意日常周到，只是紧急时未必能依赖，欢谈时未必看法一致，只算"相密"不是"相知"；至于解衣推食，扶危拯困，你有长处到处称誉你，你有短处一定代为掩盖，这也只算"相厚"不是"相知"，相知必须是"我知彼，彼亦知我"，心里遥相感应，料他必会如何如何，才叫"知心"。

"知心"的标准定得太高，朋友就难找了，依我看，交友之道有五个原则就无往不利了。

仁——本乎爱，给人暖和的亲和力。

义——本乎严，一无所求，一无所怨。

礼——本乎敬，尊重别人，尊重自己。

智——本乎达，像琴一样的平和，别人就不烦；像水一样的清淡，别人就不厌。

信——本乎诚，不以远近异心，不以冷暖背信。

包容

遭到别人无礼的对待，总会留下难忘的怨怒，使我们蓄恨于心中，古人是怎样消融这胸中的怨气呢？

有人是把包容小人、忍耐拂逆，当作噉橄榄。当下有点酸涩，但回味时满口清凉，教人心胃开豁，眉目清扬！

有人把对待小人，忍受非礼，当作避风雨。路上遇到暴风雨，虽然迟滞了行程，免不了浑身湿透，只要认为那是"势所难免"就行啦，对暴风雨没什么好气的。

有人却把小人比作虎狼，遇到虎狼，尽可能缘木涉水，藏匿规避，等虎狼退去，我们自己庆幸活着都来不及，哪里有空去怨虎狼呢？

这些都是中国人的忍耐哲学，把一场横逆的事，看得雪淡平常，竟像嗷橄榄一样，值得回味骄傲；像避风雨躲虎狼一样，增添人生行程中可惊可愕的插曲。甚至认为别人愈是盛气凌人，我们愈要以宽平包容的态度相处，如果能使他愧悔，也就是你胜利的策略了。

能恕就少怨恨，能忍就少侮辱，是不错的。不过，这种一味包容的方法，难免是姑息了小人。"容人之过"变成了"顺人之非"，让小人的气焰日益嚣张，孔子也只说"以直报怨"，没教人用如此的低姿势去处世待人的。何况从人治的社会演进为法治的社会后，就不能只停在"使他良知愧悔"的期盼上，包容宽恕，的确很有余味，但也不能独自陶醉。不如让人明白理与法的分限，与我和人的尊严，虽不必挟法以增加雠隙，亦不能屈法以收买私恩，不必故意树威，但绝不可乡愿养慝，不然，宽容的君子，一味畏缩求全，与被人打了耳光，只暗想着"孙子打老子"来自我嘲解喜乐的阿Q有什么区别呢？

留钱杀子孙

　　古代的人，把一生做了段落的计划，叫作"生计"：从一岁到十岁以上，为个人成长做计；二十至三十岁，为成家立业做计；三十至四十岁以上，为生男育女做计；五十至六十岁，就为退休养老打算；六十七十以后，就为死亡身后打算了。所以有"六十不造屋，七十不制衣"的古谚，六十岁以后不造新房子，七十岁以后不添新衣服，这叫"量时计享"，不肯让"冗功剩物"拖着自己，以致劳役心神于无用的地方。这一方面是"惜福"，另一方面，也使"劳生"不必受"物役"的无限驱使，能留下足够余裕的退闲岁月呀！

　　现代人比较健康长寿，生活的段落可以延长移后一些，但也不必拼到老、拼到死呀！许多人已经有足够的养老金钱，也有美好的退闲岁月，一生都吃喝不尽，还在做牛做马，拼命赚钱，大概是想留钱给子孙用吧？

其实平心想想，你我都是白手兴家的人，子孙一样可以白手兴家，何必要你操心如此？你会说："不见得子孙都像你我这样贤智，万一他不能自立创业呢？"如果你是以这个原因为他存钱，心意虽美厚，实际上是以轻薄的眼光在对待子孙了！你用"不肖"的眼光预估他们，他们如何能以贤智自许呢？

你坦白地说："我家的老大，书念不好，品行也有点歪，我必须预买一幢房子给他！"唉，古人早说过："有子如龙虎，不须作马牛；有子如豚犬，何须作马牛。"下一代是龙虎，根本不需你为他做牛做马；下一代是豚犬，你做牛做马，他依然是守不住的。

不要说留一幢房子，就是留十亿财产也属徒然。当你两手一撒，尸骨还未寒，灵堂前已经开始为争夺家产而武斗了！前人早料到：金帛留下愈少的人，子孙的眼泪会愈多，骨肉间的哀情也真切；金帛留下愈多的人，子孙的眼泪反而愈少，除了资财名分争夺得筋青眼红外，其他都看不见的啦！

所以唐朝人就有"毋以货财杀子孙"的教训，让子孙因遗产而骤富，容易养成淫荡骄奢、唯物寡情的生活习惯。淌来的资产，他也不见得爱惜。与其留黄金给子孙，远不如教他读书学艺，所谓"黄金满籝，不如一经""一技在身，走遍天下"，爱子孙最好的方法是教育他，爱而不教，就是不爱；教而不善，等于没教。留太多财产给子孙，不是爱他，常常是把他教坏了。钱太多的人，教育自己子弟之余，就捐些奖学金，做些文化事业，来教育大众的子弟吧。

母亲的话

在古今的图书里，很少有不识字的文盲也著了书的。但当我读到明代温璜所记的《温氏母训》，把他母亲所说的话，一条条"白口直言"地记下来，这妇道人家虽没受什么教育，但在经验之谈中，时时展现一种灵悟，很值得吾人深思。

首先我很佩服她反对"打骂教育"，反对"棒头出孝子"的古谚，她说：

是铜，打就铜器；是铁，打就铁器。

若把驴头打作马，而有是理否？

儿子是天生的，非打成的！

据最近的调查显示，台湾地区儿童受虐待的情形很普遍，而虐待儿童，向他们施暴的往往是儿童的双亲，其次就是教师。这种至今仍然依仗着"棒头出孝子"的符咒，来掩饰父母教师自身修养不足的行为，真教人痛心！体罚打骂，使儿童学会了暴力转嫁他人的坏习惯，助长了社会的暴戾风气。体罚打骂，使儿童畏罪塞责，学会了说谎避祸的坏习惯，变成不负责任的侥幸者。体罚打骂大抵是父母缺乏了解沟通的耐性，终将促使代沟更深。表面看来，一打骂就收效迅速，却像吸毒能震慑于一时，势必贻害于无穷。在明代的这位老母亲，就知道铜再打也是铜器，铁再打也是铁器，绝不能把驴头打成马头。打不重要，依凭本身的资赋，顺势诱导其天性，才最重要。

在日常生活方面，她对儿子说："我们贫穷人家，没什么可享用的，只有每天早上向我行个礼，大声地叫一声'妈妈，早安！'才是全家的享受，但是我每次看到你一边鞠躬，一边便走，慌慌张张的，那有什么情味呢？"向妈妈道一声"早安"，原本是温馨的享乐，一旦变成了虚应故事，僵化成例行的"老套"，就毫无趣味了。而慌张回避，缺少

"不忍遽然离去"的依恋情味，多少带点厌烦应付的神色，"礼"没有真诚的"情"做基础，即使捧来一束鲜花也是乏味的！

她又对儿子说："我看你吃饭的时候忙忙碌碌，好像没一点空的样子，但一吃完饭，又闲荡起来，这是个'有意思的人'吗？"她认为吃饭要有吃饭的"气象"，吃饭也是一件需要认真的事，即使菜根淡饭，也不要草率，细细品味，视作人生的盛宴，一样极有滋味。匆匆吃饭，吃完又没有事，这种无事瞎忙的人最俗气。

她更提出"堂上有白头，是子孙之福"的说法，很有见地：堂上有白头老人，可以联络许多亲戚的情谊，可以在乡里中被信服，可以有人照顾子孙与仆役，可以常讲些祖宗故事与先辈的趣事，可以缓和少年们暴急的情绪，可以照料家中千百件琐细的事情。真是家有一老，胜于一宝，在未来老年问题日趋严重的时代，让大家懂得珍惜家中的白头人，将具有时代的教育意义了。

女有五不幸

　　谁家不生女儿？生了女儿谁家不希望她美若天仙？女儿一出生，呵护得像掌上明珠，谁家不希望她能嫁一个金龟婿？一生富贵，衣食无虞。

　　但读到清代魏象枢的《庸言》，他对妇女的"不幸"，想法别致，有些出人意外，他说"女有五不幸"：

　　生而殊色，一不幸。

　　为富贵家女，复为富贵家媳，二不幸。

　　丈夫不知义理，三不幸。

　　不生不育，四不幸。

生育过多，伤残肢体，五不幸。

女儿出嫁后，不生不育，在古代传承香火为重的观念下，无子绝嗣，犯了"七出"之条，有休妻娶妾的危险。女儿生育过多，发秃骨松，以致伤残母体，说是不幸，还说得过去。

所嫁的丈夫，不知义理，或放胆恣行，或拗执无情，小则违礼悖俗，大则亡身败家，说是女儿的不幸，也没问题。

至于第一条说女儿生来就有出众的姿色，也是不幸，大概中国人相信"红颜薄命"，相信"尤物不长生，好物不坚牢"，西方人也说"娶美貌就是娶烦恼""美貌比财富更引起盗贼觊觎之心"，而且美貌常流于表面的肤浅，却又令女孩骄傲成性，也许这些理由都能解释美貌是一种不幸吧？

最令人不解的是第二条，生为富贵家女，嫁而为富贵家媳，这不是家家希望的事？又有什么不幸呢？

猜想一生富贵，完全顺利，就像"幸福的夜晚，都没有故事"一样，反而十分平凡乏味，况且人在要什么就有什么的岁月中太久了，生活哪里会有目标？哪里会有期待？哪里会有志向？立刻掉入极端空虚无聊中去了。

猜想一生富贵顺利的人，历练也少，没有经历过二月雪、三月风、四月雨，也赏不出五月花的娇艳！奋斗的过程，是人生回忆中最好的财富，她没有；患难贫乏，是人生最好的教育，她领受不到。一生下来，不知学，不需学，逸乐的人从不晓得上进为何物，全靠前人的福荫，哪里来的成就感？

再则富贵之家，心志侈放，骄淫者居多，家庭的问题，远比贫穷之家多，争妒争宠争名分，无不势利而恶毒，身处其间，苦不堪言。哪能如贫穷之家，骨肉相爱之情，会如此真挚。富贵之家，尸骨未寒，争产分家的打斗就已经开幕，而孝悌之风，感人之情，反而都聚在贫贱的家庭里。可见没有财富名分可争夺时，才会流露出一些孝悌的本性来。难怪三国时的虞翻，主张娶无名小姓人家的女儿，他认为灵芝毋须草根，醴泉没有水源，无名小姓的人家，无根无源，才多灵芝醴泉呀，正可作为第二条不幸的注脚吧？

人情学

在同一天的报纸上，刊出父亲强暴亲生女儿，儿子手刃亲娘，并勒死父亲的新闻，真是进入了孔子所说"父不父，子不子"的社会。当前科技知识，一日千里，经济财富，不虞匮乏，唯独在人情上愈来愈粗丑野蛮，现代人果真将沦为科技怪兽、经济动物了？

中国文化中最傲视寰宇的应该是"人情学"，中国一向主张"五伦之外无道"，道就在五伦人情之中，而人情练达，便是最好的文章。因此我在想，当今最需要重振社会颓风的一本书，不是科学技术，不是经济管理，而是依据中国文化，编写一本《人情学》，科技经济是日有改变的，而人情则是天下古今永恒不易的。

《人情学》的取材，可以谚语、格言、清言以及古今诗句来纂成，其中以"诗句"尤为我所钟爱，因为诗句里有圆熟的智慧、有深浓的感情，是从生活历练下开发出来有血有肉的文字，随手举几条来领会一下吧：

"逝者不复来，存者宜益亲。"是清人毛岳生的诗句。人生是在风与浪不息的波涛中，像飘萍，像泡影，想一想死去的亲人不再回来，活着的你我，应该时时珍惜，加倍亲近才对呀！

"从来英雄人，最快报德事。"是清人施鸿保的诗句。读小说故事也好，听前辈掌故也好，让人大大称快连呼过瘾的事，就是有恩能报，只有在知恩报德的时刻，英雄才真正意气风发，令人击节称赏。

"情关打破判仙凡"是清人查余谷的诗句。情关自古难渡，唯其难渡，才是考验品格智慧的试金石，渡不过的是凡夫，渡得过放得开的便是仙人，仙凡的判别不在长生，而在情关呢！

"病中良友来，驱病胜于医，岂伊病能驱？意惬情亦怡。"是清人刘宝楠的诗句。友情愉悦病人，心情战胜绝症，这是医学的高度艺术。

"境能退想心常泰，事肯让人我未痴。"是清人柯辂的诗句。明白人生的缘会只是一场戏，曲终人散后，得失又在哪里？因此处在不如意的境遇中，只要肯退一步想，心地就舒泰了许多。逢到可争的事，能退让一些，我并不比别人痴傻。

"屋堪容我何妨矮，客有可人不在多。"是清人简庵的诗句。只有内心城府宽大的人，才不嫌仅能容膝的矮屋。值得夸耀的是朋友"可人"的品性，而不是朋友的数量。

假如能将万万千千的名诗格言，分类纂成中国的《人情学》，该多有意义！我以前写《诗林散步》《抒情诗叶》时，便有这样的理想，至今仍觉得大有可为。

点鸳鸯

男女的匹配，一直是古今中外最困惑的话题，也是最有趣的话题。

二十世纪的大美人戴安娜，与英国王子的婚事，本该是世纪男女的神话梦境，但是好景不常，竟至分居，男女的匹配说难也真难。于是美国的明星杂志已经在替戴安娜另行安排鸳鸯谱，什么家世显赫的美国小肯尼迪、英俊的英国军官戴维·华特·豪斯、风头明星爱尔兰的丹尼尔·戴·刘易斯，还有歌星迈克尔·杰克逊、房地产大亨唐纳德·特朗普……不管别人愿不愿意，姑且像拼图样举出来配配看，男女的匹配，说容易也真容易。

这种替别人胡乱撮合鸳鸯的事，中国人是挺喜欢的。明代人黎举在《金城记》里曾异想天开，想教梅花娶海棠、柳橙娶樱桃。不管它们成熟的季节对不对，只求玲珑艳媚教人怜爱的物品，都能有个好归宿，不让它们孤零零地单身吧？清人张潮却反对，认为梅太清高，不宜娶海棠，只宜去聘梨花。而海棠则能嫁给杏花才好，樱桃最好嫁给荔枝，将对才子佳人的一股脑儿的珍惜之情，全投射到草木花果上，仔细想想，实在像废话一箩筐。

到了程羽文写《鸳鸯牒》更妙了，把青史上的才子佳人，重新许配一番，以求弥补千古的缺憾：

王昭君就许配给苏武吧，一个不必埋入青冢，一个不必塞外娶番女，在啮雪穷愁之际，来一曲琵琶，足可互解寂寞。

武则天就许配给曹操，这个可以命令牡丹连夜开花的女强人，恐怕只有用铜雀台把她锁住，免得牝鸡司晨，臭名远播。

班昭就许配给郑康成，班昭的学问渊深典赡，不但替哥哥续写《汉书》，连教出来的学生也成大儒。如果襄助郑玄整理六经百家，真是学人家庭的典范。

薛涛举止轻佻，言行放达，就许配给张杨柳（绪）或者魏蝴蝶（收），任他们风流浪漫去吧。

蔡文姬的胡笳十八拍，充分表现出灵心慧齿，许配给渔阳三挝鼓的祢衡吧，一个击鼓骂曹，一个拍笳诉苦，一悲一壮，千古绝唱。

崔莺莺就许配给李商隐，能将娇憨多情的一腔热火，托给失意落魄的义山，让他用香奁西昆的艳笔，把浓浓的深情一一细写出来，教薄幸的元稹羞煞！

步非烟，这个姿容纤丽，又好文艺的女子，任她飘香坠粉，以致为情而被笞死，是太没道理了，应该许配给宋子京，协助修撰《唐书》，劳累时斟酒酤歌，你侬我侬，天都不必亮了！

李清照，才情夐绝，遭逢离乱，守寡以后，仍应该有出色的才子和她相配，像状元王十朋，书法家米元章，爱国诗人陆游，都是理想的继任人选，这样可使她把《金石剩录》写完，而晚景也不至于太凄凉了。

这些乱点鸳鸯谱的作者，大抵都在为才子佳人不能及时匹配而唏嘘，感叹"才子之穷，穷于不遇佳人"，更感叹"邯郸佳人嫁为厮养卒妇"，才子不遇，佳人沦落，应该是天地间最无情、最残酷的事吧？元人赵文在《青山集》中有诗道："鸳鸯异野鹜，凤凰非山鸡，物生各有偶，非偶不并栖。"山鸡去配山鸡，野鹜去配野鹜，凤凰与鸳鸯哪里是可以随便牵合成对的呢？这诗就是在为大美人被胡乱匹配而顿足叹息呢。

夫妻脸

报载高雄市一家百货公司与航空公司，合办"最具夫妻脸"比赛，从一百多对参赛伉俪中，选出三对惟妙惟肖的佳偶，五官、身材、个性、谈吐、爱好乃至价值判断，都像极了，夫妻走出去，常被误为姊弟或兄妹呢！

夫妻相像，在谈吐神情方面最容易解释，由于记忆相同，经历相似，只见夫妻两人兴高采烈时，先生要讲的事，才讲一半，妻子早抢过去接着讲；妻子的话虽然多，漏脱的部分，先生也会及时补上，意思大抵吻合不差，从有趣的话题到平常的感想，夫妻俩一搭一档，口气毕肖，神情仿佛，同一个喇叭吹同一种调，听两人讲和一人讲差不多，所谓

"夫妻一体"不是句空话。

夫妻俩的德性嗜好，变成相似的夫妻档，也还容易解释。有人说这叫作"习与物化"，被猴子带大的小孩，动作就像猴子，而"一个枕头不睡两等人"，与她同眠共枕的人，生活在一起久了，自然相互变化，趋于一致。又有人说这叫作"与生俱化"，像长在蓼中的虫，不知道什么是苦味，长在粪中的蛆，不知道什么是臭味，夫妻俩相互灌输影响，相互熏陶改造，爱好及价值判断也日趋接近了。

年轻的时候，先生还会使个眼色，暗示妻子注意这、改变那；妻子也会在人前人后指摘先生的失误，说他不该这、不该那，到了中年相互适应惯了，先生做的事，妻子视而不见，妻子咕哝的，先生听而不闻，适应惯了也不当一回事了。到了老年，谁也少不得谁，相互依赖，相互疼惜，"少年夫妻老来伴"，相同之处实在太多了，因而太太刻薄，先生也尖酸；先生钻营，太太也计较；先生造反，太太也像匪徒；太太吝啬，先生更一毛不拔；先生吹牛，太太也自然帮腔。瞧夫妻俩的德性，一模一样，真是"一床棉被不盖两种人"！

最不易解释的，是夫妻所谓"夫妻脸"，脸部五官长相又如何能因仿效熏陶而相似呢？这次所选的夫妻脸第一名，居然夫妇的左下巴都有一颗痣，嘴巴与鼻子，都如同一个模子里铸造出来的。第二名的身材鼻子也一样，再配上穿同一线条色彩的上衣下裤，更像图案画……这就太妙了。

有人说，夫妻命运往往相同，既是"同命鸟"，长相也不会差太远，从面相五行上去解释，不免玄而迷信。

有人说，那是人有自恋倾向的缘故。许多人面对镜子时，顾盼自雄，照个没完，愈看愈有趣，愈看愈满意，当他看到与自己相像的异性，自然最生好感，而选中了他。

这说法或许有理，但我觉得男人当初寻找对象的时候，多少带点恋母情结，有意无意间，都在寻找母亲的替身，略似母亲的容易中选，所谓"娶个媳妇总像婆"嘛！而女子在寻找对象时，也多少有些恋父情结，略似父亲长相的容易中选，这自然的好感与亲近，影响了审美观，一到老年，加上神情谈吐，当然更像。"夫妻脸"的形成，居然带点近乎"遗传"的关系，你认为对吗？

辑二

"将要"最美

当我博士论文快要完成的时候，林尹老师对我说："在将要得博士学位的此刻，是人生最美的时光。"他把"将要"二字念得好响，话里充满着玄机，人生在"将要"的时刻，总是满心憧憬，眼看辛苦的汗水都将化为成功的琼浆，这份期待向往，最教人心醉。一旦获得学位以后，工作可能无着，恋爱可能失败，所谓"博士"，离开真正的学问依然遥不可及，那时兴起的"不过如此"的瘫痪，滋味远不如未获博士之时呢！

这使我想起：把一锅佳肴调好了味，浅浅地尝一口，那热腾腾正在兴头上的一小口，滋味美得醉人。这一小口是随着长时间采办煨炖的期待，与即将来临的大嚼、胃口十足，带点馋吻，使滋味特别浓香。这一小口，如果拿来与饱嚼饫餍以后相比较，饱足后的滋味要少得多了。

从此，我懂得欣赏"将要"最美，我曾看见一位待嫁的新娘，笑口常开，逢人便说："为什么我现在遇到的每个人，店员、师傅连计程车司机，都非常可爱起来了？"我不能预料她婚后的心情如何，但婚前愉悦的一段，正来自"将要"，电影小说总爱选在结婚乐曲声中落幕，但现实人生不能，谁能长期珍惜这份心情，不从"将要"的美的巅峰滑下来？

为什么有人要说结婚是恋爱的坟墓？因为恋爱是"将要"，结婚是"已然"，"已然"总不如"未然"那样具有无限想象的空间。恋爱中特别是初浅地尝尝，心愿未偿，而后漂泊远离的那种，最让人朝思暮想，刻骨铭心。而朝夕相处，心愿既偿后，反而失去魂牵梦萦的魅力。

恋爱之中，特别是开头的那段最引人入胜，柔荑初握的一刻最"来电"，因为开头的时分，一切是全新的"将要"，在"将要"的希冀之中，蕴藏无限想象的金山银海，而负心的情人，就是采"雹碎春红"式的，敲碎初成嫩弱的蓓蕾，把美好的"将要"一夕间摧折，一切在"将要"的巅峰期待中戛然截止，时光冻结，春梦易醒，遂留下无限甜蜜的可能，而教人流大把眼泪！

依据这种"将要最美"的通则推衍开去，便可以解释登徒子发现的风月情趣，登徒子认为："妻不如妾，妾不如妓，妓不如偷，偷着不如偷不着。"原来在整个爱情事件中，"开头时分"所占的时段比例愈大，"将要"的期待愈猛烈生鲜，愈不曾变成随心所欲的"已然"，反而能孵育最多的幻想，而使情趣愈高。

"将要最美"的道理，也可以比况人生一切的滋味，如果人生是一段航程，张满希望的帆樯前进，比抵达了目的地还要有趣；如果人生是一场花季，蓓蕾初成，人心最乐，一旦浓春烂漫，反有了"末路易衰"好景不长的感喟，所谓"老夫惯有飞花感，怕见浓春烂漫时！"这也就是因为快乐生于"不足"的"将要"，而忧惧生于"有余"的"已然"呀！

因此人生的滋味，总是逃走的鳗鱼最粗，抛弃你的情人最被挂记，初尝的一口最美，半开的花最有味，在描摹"将要如何如何"的时候最迷人！

上半段最妙

不知道哪位聪明人发现的：天地间一切万事万物，能取"上半段"最妙。

譬如花是从含苞待放到正开是最妙，何必看到凋谢飘零？

大厦从落成开张到一片盛景，多好？何必看到破落修补，直至蔓草丛生？

连一件衣服，也是"新三年"最妙，到了"旧三年""缝缝补补又三年"就褴褛难看啦。

几只猫叫春，上半段还温柔动听，到了下半段利爪相向，一脸血斑，就丑态毕露了。

人生也只有上半截充满成长的喜悦，需要年年月月换鞋子，一旦鞋子固定了大小，一直是合脚的，就进入了下半截，不久老病相侵，人也开始缩水了。

如果说人生像一场梦吧，就算是黄粱梦，上半段功名富贵多好？应该在不到下半段的时候就醒来。

且看考中状元的人，廷对万言，一日之间邀得全天下刮目相看，何等光宠？但是到后来，仍以庸庸碌碌、无足观者居多，试问明朝状元八十余位，哪几位的文章真能脍炙千秋呢？所以有了光彩的上半段，还要有光彩的下半段是很难的。

如果说人生像一部戏吧，就算是《西厢记》，张生初识莺莺，惊为天人，寤寐反侧，多妙？即使翻墙约会、暗通款曲，也还可以。末了求功名、慕富贵，薄幸负心，不堪入目啰。

所以读《红楼梦》，只读到宝玉俊秀、黛玉含情，诗社盛景，慧心照映，就够妙了！何必读下半部，黛玉呕血、宝玉出家、风酸月苦、酒冷灯昏，都没意思。

读《史记》刘邦起义，气度恢宏，众人推崇，衅鼓祭旗，上半篇多妙？何必读下半篇一面滥杀功狗，一面还要唱"安得猛士兮守四方"，泪洒得好假，不过是自供其丑罢了！

例证举也举不完，然而人生总跳不出"生老病死"的过程，万事万物也跳不出佛家所说"成住坏空"的循环法则，任你再聪明，也不能取巧的只要上半段，不要下半段。那么在这"取上半段最妙"的哲思中，可以觉悟出哪些道理来呢？

首先得明白：人生苦短，韶光易逝，先尽量做好上半段，读书立志，都愈早愈好：读书苦不早，立志苦不真，不真与不早，一世长湮沦！

再则要明白：事情不难于开始，都难在结尾，有始有终才最难，没恒心的人虎头蛇尾，没毅力的人中途撒手，下半段就无法收场。以个人来说，由修身而齐家，有轰轰烈烈的上半辈子，又有光光彩彩的下半辈子，成为一位虑始图终的正人君子，已经不容易。以家庭来说，白手起家，传到子孙，仍能不殒家声，世德相继，就更难了。

还可以想到：凡事要当机决断，见好就收，不要豁露末尾一段丑境。就比方有人说：美人与名将，最好不要让人间看到他们白发老病之状一样，想来西施没入五湖而去，再没消息；老聃骑青牛出关，不知所终。他们未必不死，但不让人间看末后一段丑境，细想这层道理，就懂得见好即收的哲理。

更重要的是：人生就重在晚节，末后一着棋，才是最要紧的，平日高谈德性爱心，到老反而失足失贞，给人饰名欺世的伪学印象，一旦白头失守，前功尽弃，太可惜！还有什么比目睹自己前半生的光荣名誉下葬掩埋更椎心刺痛的呢？

当然，人间只有心灵，是可以不断成长的，勤学不辍的人，永远是根上升的曲线，一生都保持着上半段的巅峰状态，那就太棒了。

年轻的定义

"年轻"这词汇，对人来说，就是年纪轻轻嘛，但推而广之，年轻的面貌是繁富而多样化的，历史也可以有年轻年老，国家也可以有年轻年老……

大哲学家邵康节，曾经把三皇五帝的时代，叫作"早春"，意思乃是"年轻"的世代吧？历经周汉唐宋，大概是"仲夏"的中年壮年吧？清末而后直到今天，从中国人抽鸦片烟开始，至今吸毒泛滥、艾滋流行，核战四伏，污染蔽天，父亲强奸女儿，儿子杀死母亲，是非不分，道义荡然，所谓"末世现象"，可能已到了"深秋残冬"的老病衰年吧？

再放眼整个世界来看，加拿大、新西兰、澳大利亚是春天国，最年轻。美国、德国、日本是夏天国，正当令。英国、法国、俄国，则垂垂老耄矣，是秋天国……

可见人体盛衰上的"年轻"与否，与上天运行的春夏秋冬是同理的，也与一日变化的晨午暮夜是同理的，更可以从时间万古上去印证人类文明发展的历史，还可以从空间万里上去印证各国社会的兴衰，穷一事一物之理，就可以通万事万物之理，在"察天人之际，明古今之变"之中，一定可以找出所谓"年轻"共通的原则。

这原则是什么呢？那就是佛家所说的"成住坏空"是循环着演进的，"成"就是"年轻"，"住"就是壮年中年，"坏"就是老年衰年，"空"当然是死亡了。

从"成、住、坏、空"的循环原则中，可以窥见什么是"年轻"的定义：

凡物年轻是"成"，就是草创性强、可塑性强、理想性高、未完成、不固定、稚嫩柔弱、有气象、有新兴的活力。

凡物中壮是"住"，就是稳定性高、起伏性小、固定性大、安于已成、自我性强、具规模、非到不得已不迁移、守成不变。

凡物衰老是"坏"，就是僵化、刻板、固执、缺乏前瞻性、封闭肃杀、果熟蒂落、没有明天、故障性高、拒绝陌生经验、分崩离析，又只贪眼前小利、贪得无厌。

大至国家民族，小至个人自我，这年轻年老的通则都适用的，因此落实到日常生活小节时，若想追求"年轻"，就得注意这些特性，随手举例，譬如：

人生要多旅行，多接受新的食物，新的口味。早餐一定要豆浆稀饭，不能吃牛奶面包，就老了，见汉堡披萨色拉绝不尝试，那就进入阿公阿婆的行列啰。

常买新的产品，不要一辈子只用大同牌电饭锅，硬说保温电子锅煮的饭对人体有害……年轻就爱各样都试试。

食用物品，样样固定品牌，还限那家老牌子店出售，吃一片杏仁片饼，非得上街到某某店不可，太老啦。

家中陈设阴暗陈旧，一成不变，每次都坐在同一方位的椅子上，和朋友说话，说十年前所讲过同样的话，能不老吗？

老把年龄挂在嘴上，觉得盖新房子、添新衣服，都是别人的事了，能不老掉牙吗？不妨常自拟一个五年计划、十年计划，不可以说人生已经完成……想当年……

年龄长一些，要多送别人礼物，不要只想别人送来礼物，有两句话一定要笑眯眯地记在心上："打开钱包，闭上嘴巴。"才有年轻人和你做朋友。

发现朋友圈子愈来愈窄，那么老朋友要多见面，"群居易为欢，人生贵相见"，见面多也可以补足数量少的缺憾，老年人更要结交新朋友，为什么一定要知己才结交？"好友如佳人，万千不一得"，一般见面点头朋友也要珍惜，年轻人不是一混就熟的吗？

中老年人常把许多不是自身能力所及的忧愁扛在肩头，就终日惶惶，老态毕露，年轻人是天不怕、地不怕，初生之犊不怕虎，担忧最少，"补天有大石，瓦砾无须忧"，不是吗？

保持学习新技艺的兴趣，俗语讥笑"六十岁学吹打"是不对的，国画、功夫、驾车、外文，一说"我是学不会的"，就老。古人诗说："心欲使之安，尤须专所寄"，心有所寄、学无止境，就不知老之将至，永远年轻。

衣服不能穿花的，盐巴不能放多，窗子不能开大，一见到快车就怕，衣食住行里太兢兢业业地注意细微末节时，就有一抽屉药罐来陪你养老，年轻已悄悄溜走了。

敢改行、敢跳槽、敢搬家、敢移民，不想一辈子老死在同一屋檐下，就有年轻人的冲劲，稍有年纪的人因循苟安，反复长考，一直在原地打转，地毯都磨出两个固定的脚印，如何能年轻？

何必看不顺眼？改以欣赏的眼光去看反抗你的人，因为年轻人是以反抗为快乐的。

时间这老人

时间嘀嗒嘀嗒，是终古老人单调的语言，望不见开始，等不到结束，嘀嗒嘀嗒，这老人何许人也？究竟在说些什么，在做些什么呢？

时间是借贷人人金钱的老人。

"时间就是金钱""浪费时间是最大的浪费"，已成为大家公认的信条，但无论你如何掌握时间来与金钱赛跑，或掌握金钱来与时间赛跑，最后只能承认：生命与金钱，其实都是向时间暂借的。时间先借贷给你"福"，可能要以"祸"来还本；先借贷给你"利"，可能要以"害"来还本。

清朝时有个贪官叫和珅，广收红包，为人吝啬，最后抄家时，财产收归国有的太多了，当时有"和珅跌倒，嘉庆吃饱"的民谣。和珅太不了解金钱只是暂时借贷给人的，唉，"仁义素养不能月月升高，财帛苞苴而想日日增加，是我所厌恶的"，这是王符《潜夫论》中的话，也正是时间老人要说的话。

时间是治愈创伤百病的老人。

失去了金钱的伤痛，时间医治他只需一个月。失去了爱人的伤痛，时间医治他也只需半年。时间是消愁丸、是镇痛剂、是感情裂伤的良药，能愈合各种伤口。神医治病，妙在一针；时间疗疾，妙在一字，就是个"忍"字，不是吗？"小忍小益，大忍大益，暂忍暂益，久忍久益"，这是陈继儒的格言，也正是时间老人的治病口诀。

时间又是不停挥舞铁锤的老人。

有人觉得时间像锉刀，像牙齿，每次啃掉一些些，风化、氧化、钙化、老化……你如果留心谛听，那实在是惊心动魄的铁锤重击的声音，铁锤一声声建造起宫殿，铁锤又一声声让宫殿崩颓，铁锤还能打造江山，铁锤同样让江山弭平。嘀嗒嘀嗒，这铁锤日夜不停地打在每个地方，不留痕爪，就像词人所说的："雁过长江，江无留影，雁无留迹"，雁虽不留迹，秋色却弥漫了长江，时间虽不着痕爪，却没有一样事物可以不因它而变色。

时间又是替万物掘墓的老人。

同一段晚上的时间，发愁的怨它太长了，劳累的怨它太短了，时间老人听罢在偷笑，有什么太长太短？每时每刻，时间老人都在吞噬青春，吞噬绮年玉貌，与每个人争夺着生命与呼吸，出其不意地递送凶讯，听听送殡歌里那句"红轮决定西沉去"，谁能例外呢？从前有个西来隐公，造了一座普同塔来藏骨灰，不分金棺的财主或卑贱的狗子，不分贵贱贤愚，一律还以平等，"大家堆作一坑埋"，是西来庵的名诗，也正是时间老人掘墓的豪歌！

时间实在是做最后检验裁判的老人。

有一句挺有意思的话说：人是"近而难知"的，天是"远而难知"的，然而无论人如何奸诈隐藏，近而难知，天却有更令人难知的一手，藏在远方。什么是天？就是这时间老人呀！时间从来没有急性，却有着良好的记性，所以天网恢恢，疏而不漏，瞒得了人，瞒不了天。

宋朝的小人蔡京，刻党人碑，把司马光等刻成奸邪。明朝的太监们把小人魏忠贤葬于西山碧云庵，也刻了歌功颂德的石碑，石碑在时间老人看来是太短了，这老人天公地道，揭露一切秘密，做最后的审判检验，绝不宽赦。

时间又是日新又新的老人。

时间破坏了一切，也创造了一切。孔子在川上大大地叹息说："逝者如斯夫！"其实他也可以大大地惊叹："来者如斯夫！"时间一路向前奔腾，日开新局，我们不必苦恼如何打发它，应该提神注意如何迎接它。"年岁将暮不是该忧虑的，志向有了倦容才是该忧虑的！"这是徐干《中论》的忠告，也正是时间老人的忠告。

百年如一日

　　物理学上发现一种"碎形"的现象：观察一片雪花中的任何一角微小冰花，都与整片雪花同一形状；观察一朵云彩中的任何一脉微细水汽，都与整朵云彩同一形状，极微小的部分常常就是全体的缩影。把这现象用在对人生的观察上，百年人生的境界，是可以譬喻在一日之内做验证的。

　　少年时代就开始努力的人，正像爱早起的人一样，少年时学习能量大，领悟力强，记忆良好，反应敏捷，内心又充满着纯洁的善念与蓬勃的生机。就如黎明即起的人，从从容容，准备妥一日的行程所需，晨起头脑清新，志气如虹，求学则易悟，办事则易成，所谓后生可畏，就是此类人物，早起者注定人生有一个好日子的开端。

少年时代不知努力，就像一个清晨赖床不起者，盥洗俱迟，耕田则田荒，猎兽则兽逸，约会旅行可能都受到耽搁，所以我常警告大学生们说："你不要以为自己还是清晨五六点，旭日未升，你们现在已经是上午八九时啦！"到了上午八九点，如果还没有规划好今天要去的目的地，这一天的行程已不可能太远，若再犹豫片刻，可能就要打消出门远游的计划了！百年人生，也正是如此，立志若不早，这一生也便因循蹉跎的多，难有成就。

我是一个闻鸡起舞的人，喜爱早起工作，我觉得早起工作，是经过了一夜的酣眠，饱蓄精力，用一日中最佳的时段从事工作。而喜好晚睡的人，在夜间工作，是经过了一日的疲劳，竭智耗神，用一日里仅剩的精力在从事工作，一天两天还不觉得两者的效果差异，若总计一生，我累积无数最佳的时段工作，他累积大堆精力不佳的时段工作，两者优胜劣败，自然判然有别。

所以清人魏源就说："圣贤志士，未有不夙兴者也。相士、相家、相国之道，观其寝兴之早晏而决矣！"西人史威德也说："天明而犹横陈于床榻者，无伟大的人物！"一天的道理，可以窥出百年的道理。

从上午九点到下午四五点，是银行百货开门营业，也是一日中竞争决赛，取决胜负的关键时刻，喻之于人生正是壮盛之年，血气方刚，戒之在斗，在这段日子。一生事业的奠基发展，成败利钝，也决定于这段时期。有人异军突起，有人名噪一时，孔子说："四十五十而无闻焉，斯亦不足畏也已！"正是说这段时期中若空白度过，平凡而无所建树，名声闯不出来，一生也就算啰！当然也有如传说姜太公八十遇文王，高适五十岁始为诗，如果真有其事，也不过千万中的一位，不能作常例看待的。

五十六十以后，一生的高潮渐过，日暮黄昏，力强的日渐衰老，志勤的日渐倦怠，已经有人进入"拖"的阶段，只想嗜睡去了。有人万事不称心，只会东骂西怨了。当然，随着电灯照明的改进，认为夜色正好的也不少，正如保健医药的昌明改进，老年期延后，认为晚景正佳的也大有人在。到了垂老之年依然自强不息，不肯就此坐在死水中浸泡的，不肯就此沦入红尘中淹埋的，还想在临了之前，放一道异彩，但是心情上免不了因循前后，毕竟顾虑太多而勇往直前者不多了，毕竟心有余而力有所不逮了，起步太晚，凡事是事倍而功半，加以才情磨尽，疾病相寻，手眼心力，哪样仍如从前？追悔青春易逝，时不我予，想不寝息也哈欠连连啦，百年的人生，不正如一日的情景吗？

惜阴者

一个懂得爱惜光阴的人，大体上他是积极的，乐观的。

"尺璧非宝，寸阴是竞""一寸光阴一寸金，寸金难买寸光阴"，大凡有这种观念的人，他每一刻都明白要做什么事，先做什么，后做什么，生活的计划一章接一章。即使是休闲度假的插曲，也安排在忙碌的工作隙缝间，兼筹并顾。所以爱惜光阴的人，每日置身于清利快乐的情景中，心思愈来愈精密，事事有作为，不做无聊的厌烦，因为他明白流光容易把人抛，生命短促，根本来不及厌烦自己。日子一到，交出一张张人生完美的成绩单，你还无法想象，这么多事，他是怎样做成的？

相反的，一个老觉得时间没什么用场者，乃是消极悲观的人。

"压马路，杀时间""日长无聊"，不知道如何打发生活，面对任何事，只想打哈欠，提不起兴头，"不要烦我！不要烦我！"其实最令他心烦的就是他自己。生活没有方向与目标，每日置身于昏昏沉沉的情境里，慵懒日甚，什么事都做不成，却一直比谁都累！人生交白卷的人，总是没精打采，只会抱怨人生的考题很无聊呀！这种人如果是年轻人，那就最悲惨，你不相信世界很美好，而来日方长，怎么办呢？

所以说人的贤愚锐钝，就分别在对"晷刻"的用心上面，一个贤慧的人，即使退闲隐居，每日仍有他的"山居功课"，不断在求心灵上的进境；一个愚钝的人，找不到生命的着力点，只知道闷得发慌，像懒惰的农夫，不耕耘，不施肥，任由生命龟坼荒秽，到时候满目榛棘，想收拾也无从下手了。

事实上，人也不是截然分成"惜阴者"与"不惜阴者"两类的，大多数人是一阵子很爱惜光阴，一阵子又懒散乏力，不过，总是在另一阵子又积极起来的时刻，才追悔前一阵子浪费了许多时光。所以积极总要比消极减少日后的遗憾，我们宁可将来悔恨当初空下了许多苦功夫，也不要等后来悔恨：没趁青年时好好把握光阴。

生死关头

　　死生是人生的大事，生死关头，最是人一生修炼的总考验。

　　记得我外婆断气的那时，父亲母亲围在她床边大声念"南无阿弥陀佛"，外婆不时睁开眼睛，说："我的两脚开始冰冷了！"又一会儿说："哦，冷到了心口。"再过一会儿又说："我不能再说话……"就闭上眼睛，表情极安详。父亲母亲强噙着泪水，做往生的"助念"，不敢哭出声来扰乱死者的心意，外婆一生持斋念佛，虽不识一个字，但宗教的信仰使她临终时远离恐怖，了无牵挂，回想那一幕，觉得她好潇洒！

最近读到宋代哲学家邵康节在临终前，大儒程伊川去看他，对邵康节说："先生到了这个关头，别人已无能为力，但愿先生要自作主张了！"

康节回答道："一辈子学道，都是别人无能为力，都要靠自己作主张的，现在也不例外，不过，也没什么可主张呀。"

后来程伊川临终时，有朋友慰勉他说："平生所学的，就要在今天派上用场！"

原本已闭目的伊川，却再睁亮眼睛回答道："说到'派上用场'，就不对了！"大概是"派上用场"使"学道"与"致用"成了两条心吧？学与用本来是一件事，所以不赞成朋友的话。这些对答，都令人觉得在生死关头，依然灵台清明，一无慌乱，真不简单。

勘破"生死关"，应该是宗教、哲学对人生最大的贡献之一，一般沉溺于利禄荣华的人，就是把持不了那一刻。像宋朝亡国时，淮南主帅夏贵就投降元朝，做了伪中书左丞，又过了四年才死，有人作诗为他可惜：

自古谁无死，惜公迟四年！
问公今日死，何似四年前？

他享寿八十三岁，反成了忠臣义士切齿咒骂的对象，如果能在七十九岁死，岂不成"万代名不朽"的完人？多活四年，坏了一生名节，是得是失，真是难说。真的，生死关头的抉择处理何其重要。

要勘破生死关，儒家是用"朝闻道夕死可矣"的认知，一心于道，道是没有生死的，所以真正闻道的人，便能做到"生不知爱，死不知恶"，而视生死如浮云。

也有以"最多横尸沟壑"来成仁取义的，人世没有第二次沟壑，人也没有第二个身体，一次填身于沟壑之下，反而万世伸志于九天之上，怕什么？

是我，但并不是我

王梵志，一半是诗人，一半是活佛，他年轻时吟着诗出家，头白了吟着诗回故里，邻居还有人依稀认得他，怀疑地问道："是以前的王梵志还活着吗？"

他答道："我是以前的王梵志，但不是以前的王梵志！"

"是我，但并不是我。"这样的回答有人听了很感伤，因为在时间的长河中，逝者如斯，不舍昼夜。人生也像烈火，薪火不停，刻刻在代谢，谁能执着固有的"我"？人生无常，连"我"都无法自己掌握，"以前的王梵志"还是我吗？以前的王梵志真能重现，恐怕连自己都认不真，所以回答说："但不是以前的王梵志。"然而尽管形貌变化，往日的亲戚纠葛、是非恩怨，是一辈子缠住你不放的，所以又只好承认："我是以前的王梵志。"

"是我，但并不是我"，这样的回答，有人听了却很欣喜，因为德业精进，与日俱增，以前是茅塞未开的我，现在却是明心见性的我，能说我仍是以前的我吗？要成一位大诗人，呕心苦吟，也得像蚕那样脱三次壳，彻骨彻髓地换三个"我"，才能"满口吐成丝（诗）"！何况修佛证道，昨日的我不死，今日的我不生，不历经凤凰火浴的过程，不历经顽铁重铸的过程，恐怕不容易展现"不是当年吴下阿蒙"的成长喜悦。

想着王梵志这个矛盾的回答，挺有意思，禁不住也竖起一张昔日的照片，面对面地端详：是我还是非我？我若做过坏事，时光却一直追着回忆不宽恕："是他！是他！"我若做过好事，时光却转瞬就在怀疑："是他吗？是他吗？"对于负心的往事，多么希望说：现在是全新的"我"了，被弃的情人，不要老记着薄幸的心事。对于辉煌的经历，多么希望说：那依然是轰轰烈烈的"我"，新秀们不要老投射怀疑打量的眼光！可是呀，真无奈，时光总不替你排解！

于是我想起奥地利的总统，有人检举他是四十年前的德国纳粹余孽，血债累累："就是他！就是他！"这位当今贵为总统的矢口否认，带着哀求的口吻："那不是我！那不是我！"我又想起一位三十年前获得博士学位的朋友，至今别无著作，每逢论剑比画，依然厚颜地拿出三十年前的老作品来分送朋友，"那是我！那是我！"期待别人的肯定，大家看他像个卖旧货的，禁不住打量一番："就是他吗？就是他吗？"唉，从这儿可以更进一层地体会时光的无情了！

"是我，但并不是我"，在这个矛盾的两面判定中，原来是如此残酷的！吾人怎能具有超时空的慧眼？对于今日做了好人的，昨天就如同已醒的梦，旧梦不必再去计较，就像对一个晚年从良的妓女，一世的烟花往事应该被宽恕遗忘，那已经"不是我"哩；对于今日正想做坏事的，常应把十年后别人牢牢的记忆，百年后历史的无情公论，记在心头，用来预评今天的举动，一失足成千古恨，因为那将永远"是我"，怎能如此草草行事？

我若能用"自其变者"的观点来事后宽恕，用"自其不变者"的观点来事先警惕，宽恕对别人，警惕对自己，那么"是我，但并不是我"这个残酷矛盾的判定，就变得积极可爱起来了！

说老

　　大凡注重哲学的民族，总是尊老的，因为"不听老人言，吃苦在眼前"嘛！大凡注重科学的民族，总是厌老的，因为科学日新月异，愈新愈吃香嘛！中国人向来注重人生哲学，所以凡事要依照年龄为序，叫作"序齿"，以示尊重，西方人注重科学，年轻才有发展潜力，才有新的点子，老和旧都排进了淘汰的时间表。因此中国人喜欢请教别人"贵庚？""高寿多少？"表示对经验与历史的礼敬，而一到西方问别人年龄就极不礼貌。

　　近年来我们偏重科学发展，"愈陈愈香"的观念早已式微，加上"老贼老贼"已弄成口头禅，想维持尊老的美德，很不容易。

老人在今日，早该有点自觉，毕竟人一老，生理心理有许多变化，早交棒子，早享清闲，才是智慧。宋代的太平老人说：老人有十拗，那就是：白天不该睡的时候偏睡着了，夜晚该睡的时候反而睡不着。该哭的时候没有眼泪，一笑起来却眼泪盈眶。三十年前的事总记得一清二楚，眼前的事却转头就忘了。肚子里吃下的肉不多，牙缝里嵌着的肉倒不少。脸上该白的却黝黑，须发该黑的却花白。这十拗说得很幽默。

在清人沈曰霖的《晋人尘》里，也有老人十拗，除了"泪笑不泪哭""睡日不睡夜""忆昔不忆今"与太平老人相同外，还有"管细不管巨"，说老人细事管得多，大事则力不从心，顾不得了。"肯近不肯远"，只肯做近期的事，到附近的地方，至于远程的计划就不耐，远途的旅行就懒得去了。"出雨不出晴"，雨天闷得发慌，偏要出外散心，晴天反嫌人多懒得出门。"爱孙不爱子"，对孙子特别疼惜，对儿子媳妇倒反而多所苛责。"惜畜不惜人"，有时对宠物的爱心，比对人还要超过。"恶逸不恶劳"，有小事做做不嫌劳烦，若没事做空逸着就最难挨。"伤廉不伤惠"，能收到一些小礼物最开心，再要谈什么廉洁就要伤心了！

这些分析中，把老人的心理与生理都写得传神入细，不过没把老人的优点说出来，中国的老人代表智慧、仁慈、宽厚，在社会上，凡事由老人说公道话，做和事佬，是社区邻里中公正与权威的代表，老人都以年高而自豪，在未来科学昌明的世纪里，如何维持尊老尚贤的民族特性，是值得深思的课题。

当然，人愈老，也必须要愈有"长者"可敬之处才对。所谓"下寿寿齿，上寿寿德"，光有年龄只算"下寿"，要有德行才是"上寿"。一个百岁的人瑞，如果除了长寿之外，别无长处，也够乏味。而年轻人学会了动辄喊老贼，也很愚蠢，因为人都会老，何必预先自作诅咒？万一活不到老就横死，那么喊别人老贼，岂不成了自咒短命？

养生要诀

人类在富足以后就求长生。近年来，日本的富庶为举世所瞩目，所以日本人研究的养生术，也风靡世界。前阵子日人研究的食物胆固醇含量表，以及什么"多菜少肉，多喜少怒……"几乎人手一份，作为养生的依凭。

台湾的企业主脑人物，为了度过这激烈变动的时代，维护健康，每年重金礼聘日本医师来台指导，有位川清康医师指导大家用脚尖直线开步，用大拇脚趾的内侧着地，用以刺激大脑细胞，使头脑永葆青春。食物方面注意多吸收鱼肉的蛋白质与苹果的钾，以强化脑血管，其次是练习呼吸松弛，以下降血压，期望冲破七十大关，仍能头脑清晰、手脚强健，来享受人生。

去年底，欧美的癌症研究所又发现维生素A在人体防癌战线上担任重要的角色，人体的免疫力都靠维生素A来支持，蔬菜的"胡萝卜素"是维生素A的前驱物质，所以多吃紫菜、胡萝卜、油菜、韭菜对人体防癌最有益，于是日本人又将"胡萝卜素"的食物列表，各地流传着。

东洋西洋研究的养生要诀，固然精微，但较偏重物质方面，中国古来的养生诀也很多，《灵宝经》提出的五句话，用金木水火土概括了养生时的心理因素、生理因素、摄生因素及环境因素，不但养生，还兼及修身：

饮食有节，脾土不泄。

调息寡言，肺金自全。

恬然无欲，肾水自足。

动静宜敬，心火自定。

宠辱不惊，肝木以宁。

饮食有节，包括了不暴饮暴食、不偏食、均衡食物的营养、不吸烟少喝酒、吃新鲜食物、吃自然食物、食物卫生、不时不食等，脾土不至于败泄。

调息寡言，包括多吸氧气，"氧气摄取能力"是保持青春的第一原则，寡言少惹闲气与大祸，避免讥讽所生的恶果，自然降低人际的紧张关系，肺金便能保全。

恬然无欲，自然减少竞争的敌意，没有欲望，就没有失望，也减少了挫败与沮丧。恬然舒适，无欲无争，排解了金钱与女色的无谓妄想，人能跳出"货色"两个非分诱惑的关卡，肾水自然充足不匮。

动静宜敬，不乱发脾气，不做过分的事，就不会招灾惹祸，事事放宽一步，心中没有怒火烧掉"功德林"，也没有罪恶感在自责，维持自在与平和，敬人者人恒敬之，心火自然安定。

宠辱不惊，对外界的宠辱有宽大的包容力，一个有自信的人，明白"批评"常是缺乏了解者的自我掩饰，"贬低"或"不屑"常是竞争精神的扭曲，自信为真材实料不必怕谁看扁我，把他人的宠辱都转化成自我支持的乐趣，使自己更可爱，肝木自然安宁。

《灵宝经》的这五句话，实在是中华的养生要诀。

病有十快

当病剧的时刻，有一位知心密友去问他：

"万一有了不测，你最舍不下哪个人？"

病夫回答道："兄弟、朋友、妻妾，我都舍得，只舍不得的是——"

"是谁？"

"是病！病能再缠绵我五六十年，我就超过一百岁啦！哈哈！"

这位幽默风趣的病夫，是明代的江南锦，他最懂得病中作乐，写下不少病中感言，可供有病的朋友一粲，他说病榻上有十件快心的事：

快心的朋友来访

侍者都能会意，要什么，不费招呼

睡觉醒来听到黄鹂百舌的鸣声

久雨刚开晴

听饱游归来的人说天下的大都会与佳山水

看护者能取对架上的书，翻出正想看的那一段

去收租的会计已经顺利到达放租的地方

读生平未见的奇书

聪慧的儿子能流利地在榻前背书

正愁没子嗣，妻妾忽然悄悄告诉道："有啦！"

从这"十快"看来，病中最在意的乃是儿子和知心朋友，病人在乎的都是"别人"，而不是自己的病痛。病人最需要"亲情"与"友情"，看护者的善解人意也挺要紧，病中想读书的癖好仍戒不掉，租金也没忘记，以免影响生活。再则便是病后对自然界分外亲切，鸟鸣初晴与名山胜景，都会特别亮丽可爱。这十快之中，也透露出作者喜欢调侃排遣的洒脱情怀。

现代医学知识告诉我们：生理的疾病，远不如心理疾病

的难治与严重，而心理疾病中，以松弛能力的损伤，日处紧张忧虑之中，最具毁灭性。中国古代的医书上也说："自身有病自心知，身病还将心自医。"很早就明白病痛与心理上的重要关联性。

江氏在病剧时不忘轻松幽默，不但坦然接受了病，还能与病魔寻开心，所以他屡次挣脱重病的缠扰，使他"带病延年"，居然还独具心得。假若他也悲观地觉得"病后身如易漏舟"，每天塞漏补罅，畏热忌寒，神经过敏，以致张皇失措，不懂得放松心情，欣赏病趣，那早就给病魔攫走啦！

退休者的春天

"老人社会"即将来临，而"退休"又是每个老人势必面临的情境。权势愈大退休后愈不易交朋友；人际交往愈热闹的退休后愈显得冷落，如果因为派系倾轧、权力斗争、理想落空而不得已才退休的，退休后更是牢骚惊人，酸气冲天。

这种情形并不是今日才发生，最近我读到明代状元王衡写给他父亲的一封信，他父亲王锡爵，官至建极殿大学士，因为和张居正宰相不相容，退休回乡，状元郎王衡不久也弃官归舍，陪他父亲，希望能"承欢养志"一番，结果发现父亲连人都不愿见，"一日见一人则一日不乐，一处见一人则一处不安"，把人都视为毒蛇猛兽，整天闷闷不乐，在"退休并发症"中，连"生趣"也几乎断绝了！

这位状元儿子眼看"无欢可承，无志可养"，相对着哭不可以，相对着笑又装不像，守在父亲身边毫无益处，远离父亲又不忍心，胸臆间既酸又痛，长久下去，不但帮不了退休老人的忙，恐怕连自己也会被拖垮！于是他写了一封情辞恳切的信，提出了具体的"豁然悟脱"的建议：

第一，要自己寻找可以"寄情"的快乐。别人不能进献快乐给你，即使进献快乐而你不接受，会更悲伤。快乐要自己有心去寻，在无味中寻出有味，无情中寻出有情，有人"好静坐炼气"，有人"好园艺赏花"，有人"好音乐拍唱"，有人"好读书写作"，有人"好散步旅游"，大学士退休后，写写实人实事的回忆录，写写不需才情不费精神的游记，写写经验之谈的警世议论，当然不必去写应酬文字。读书则不必快读速读，要从容地缓缓地读，更加有味。退休老人就是要注意"不忙不闲"。

第二，选择"寄情"的原则有两项：一是选择自己"性之所近"，顺着性向去做，温习老本行。一是矫正自己"性之所偏"，逆着性向去下"克己"的功夫，学习新课题。退休老人下功夫，与少年人不相同，退休者对"熟"的本行，要看作"生"，在老本行中寻求新的突破；对"生"的新课题，要想办法去学"熟"，勇于接受新挑战，人就不会老。对"真"的事件，不妨认作"假"，看得雪淡；对"假"的事件不妨当作"真"，认真去做。退休老人要记住：熟处要生，生处要熟，真处要认假，假处要认真。

第三，要珍惜朋友。人到老年，骨肉自然远离或凋零，只有朋友才可以填补骨肉的不足。有人一退休，不但生客不愿见，贵客更不愿见，渐渐地连密友也害怕见，最后连一切"人事"都怕、都讨厌，然而人如何可离人？人如何可离事？别人见到你，也许觉得很高兴，你何必因为怕应酬答拜而躲起来？白天讨厌人而不屑去见他们，那么梦里还是会见到人，你连梦也怕吗？别忘了，世上最吉祥的就是人。

第四，老人要温暖，不要冷酷。不论人的品格高低、气韵雅俗，只要满身"春夏气"的就吉，满身"秋冬气"的就凶！做人若只求"洁净收藏"地退缩，已经是"秋气"，如果再妆点出凄风苦雨、迷雾严霜，一团肃杀，认为"天下无一物可喜、无一事可做、无一处可住、无一人可交"那就是"生趣断绝"的严冬了！退休老人最重要的是："延和气，娱永日"，一个温暖喜悦的老人都可爱！

老年比境界

哲人牟宗三有句名言："少年比才气，中年比学力，老年比境界。"比才气，才气大的让你料不住；比学力，学力强的让你难不倒，都还容易衡量，然而老年境界的高低要如何比法呢？

我无缘领教牟先生的老年境界，但我相信，孔子对老年的看法，一定值得参考。譬如孔子说："老年戒之在得。"那么凡是老年贪得愈多者，境界一定愈卑下。贪得哪些？不外乎财、色、名、势，血气既衰就贪恋这些外在的利益荣耀，死命地装点自己。

依此而数历史人物，老年境界最低的就当数袁世凯，姬妾子女多至四十人，居然还专宠一个"朝鲜姬"，一生只相信权力名利，以为用金权就可以操纵全国人民供他奔走，于是滥发勋章，被外国报纸讥嘲为"勋章雨"。处处以权"制人"，以利"饵人"，国库成了他的荷包，及身在银圆上铸以自己的袁大头，竟还想做皇帝，贪得无厌，令人切齿，大违孔氏"戒之在得"的教条。

相反的，数老年境界极高的邵雍，身闲心闲，从容潇洒，他曾作《男子吟》诗，教人抛开财色名势，诗道："欲作一男子，须了四般事：财能使人贪、色能使人嗜、名能使人矜、势能使人倚。四患既都去，岂在尘埃里！"能拨开这"四患"的真男子，就能不在尘埃之中，境界高迥得出乎尘表了。

老年最高的境界，大概就是孔子所说"七十而从心所欲，不逾矩"吧？要如何才能迈向"从心所欲"的巅峰呢？依我看，是外在无所系恋，内在完全自主，然后才达到潇洒超逸的境界。

外在无所系恋，就像唐代的和尚贯休，身心淡泊，他曾作诗道："一剑霜寒十四州。"吴越王钱镠想要僭位，一统江山，要求贯休把诗改为"一剑霜寒四十州"，配合他的野心，歌颂他扩大管辖的范围，就可给贯休荣宠，但贯休断然拒绝道："对不起，州不能增加，诗也不能改字，我是孤云野鹤，哪个天空不可飞翔？"孤云野鹤样的心中一无系恋，裹起衣钵任意飞翔，不受任何诱惑，才能从心所欲。后来王建僭位，又封贯休为"禅月大师"，结果贯休写下"五帝三皇是何物"的句子不领情，谁要做什么大师，依然是"一瓶一钵垂垂老，万水千山得得来"，做个无拘无束睥睨王侯的"得得来和尚"就好！

内在完全自主，就像北宋大儒邵雍所说："不能学人胡乱走！"不但学习修养的事，要自做主宰，至于从政出仕，想辞退就不接受，绝不拖泥带水，该割舍就心甘情愿割舍，凡事都自有先见，做好"不动心"，所以从不依附谁，也从不批判谁，卓然自信，无所污染，胸中坦夷，一无冰炭，不负高天不负人，满心欢喜，从不皱眉，确信这名利不到的自家居处是天下第一的安乐窝。程颐羡慕他能在天下汹汹的"急流中安然取十年快乐"，全赖他卓然自立于争权夺利之外，他明白万事都有理，自认理正，就"从心妄行总不妨"，这不就是孔子的从心所欲不逾矩吗？

孔子曾问礼于老子，老子教他去掉"骄气"与"多欲"，去掉骄气，就不会再比才气；去掉多欲，就不用再比学力。

人到老年，一切放下不比，情高格逸，只顾自在自得，从心所欲不逾矩，反而没有人能和他比境界了！

长寿之道

　　中国本来是一个长寿的民族，吉尼斯世界纪录中最长寿的人，竟然不是中国人，真是遗憾。姑且不谈半人半仙的彭祖陈抟吧，魏明帝时代渡辽将军范明友的家族中，就有三百五十岁的老人；南梁攻打穰城时，就发现一个只吃曾孙妇乳水的寿星，已经二百四十几岁。五代时太原王仁裕家中的远代祖母，亦二百多岁，身体缩成三四尺像婴孩，眼白全变成了碧绿色。这些都是史书中明明记载着的。

　　上述长寿的人，都不会"服饵"或学什么"导引"，都只是过普通的生活，古来富贵的人在"世愿已足"之后，往往想服饵炼丹来希慕长生，总难以如愿，富贵病一大堆。反倒是深山穷谷里，寿翁寿婆多的是，古人说："鸟兽无杂病，穷汉没奇症。"话虽不完全正确，也有几分自然之理。

我很欣赏元代道士丘处机的话，蒙古国王曾问他有没有长生之药，这位号为"长春子"的老道士回答道："世上只有卫生之道，并没有长生之药！"

所谓卫生之道，除了物质方面的清洁、营养之外，最重要的其实是心境的修养。古人说长寿的道理有四点，都是心境方面的：

慈——"不践踏虫蚁折花枝"，从小培养对万物慈爱之心，胸中长存一段吉祥恺悌之气，叫作"天和"，不杀生、不损物、不害人，古人看作"冥报"，其实是一种高度的和谐，慈善最乐，最合乎健康的法则。

俭——凡事懂得俭的人，精神容易节省凝聚。俭则不被"物累"所困，不需求人，也最安逸。所谓"不取于人谓之富，不辱于人谓之贵"，从这个角度看，俭的人可说最"富贵"了。俭于饮食，可以不伤脾胃；俭于交游，可以寡过息劳；俭于嗜欲，可以优游自得，长寿的机会多。

和——大抵百岁的人瑞，都是一生只知欢喜，而不知忧恼的人物，心常欢喜，喜气洋洋，五脏六腑的每个细胞都安泰自得，长瘤结石的机会也少。心地和悦，没有剧烈刺激的竞争，情绪上不会大起大落，吃东西样样香甜，睡觉时魂清梦安，哪能不长寿？

静——气躁轻佻的人，很少有长寿的。急迫喧嚷的人，己见太重，最容易冲突。加以多言多悔，心意随之颠倒不宁，虽没有立即的凶咎，已够伤神了。仁者往往安静，安静的人安于义理而厚重像山，所以说：仁者寿。

大榕树

　　台南成大有三棵大榕树，不但是大学的一景，也是南台湾的一景。大榕树已有数百年的高龄，屡经风雨劫难，却不倚不斜，笔直像一株薹，绿荫像一把伞，这真是幸运。而愈来愈撑开来的树荫，四周偏又留存着如此广大空间的绿草与蓝天，配合它的虬枝虎干，恣情地展示身段，一点不形成拘碍，那就尤其幸运。

　　大榕树深受当地民众学生的喜爱，但榕树究竟有什么用处呢？古人说："榕树的须根可以制药，咀嚼可使牙齿牢固，还可以做成拔疔疮、治痔漏的良药。"阿弥陀佛！幸好现代人都不相信有这个用途了，不然榕树的须根早被剃掉，那么垂梢就不能入土，如何能旁萦互抱，与原根胶黏成樛干，也不能形成"在地愿为连理枝"的奇景了。

又说："榕树的脂乳像漆一样，用在整鬓饰与髹器皿上，贴金黏翠，十分牢固。"阿弥陀佛！幸好现代人早发明了强力胶，真有人去剖枝割皮来采集榕树的脂乳，能有什么用？

又说："榕树的细枝曝干以后，涂上油膏，做成火把，在风吹雨打里都不会熄灭，是夜行者的好帮手。"阿弥陀佛！幸好现代人不会相信榕枝有点火后水浇不熄的能耐，要不然这三棵大榕树，哪能长到如此高大，而不被盗伐？

那么榕树的好处究竟是什么呢？漆树的好处在汁液，橘树的好处在结果，椰树的好处是浆汁再加椰仁都能吃，樟树的好处在香味可以炼药……而榕树呢？既不结果子供人吃，又不能炼香精丹药，干枝拳曲不能做栋梁，木理歪斜不能做器皿，即使劈做柴来烧，火焰不烈，拿去做薪柴也不行。不小心把它碰断一点，就黏液溢出，弄脏皮肤衣衫，真是花果枝叶，没一点可用。

然而仅有一种用处的树木，用处就限于这一用，人却把它们看得很"可贵"，而这百无一用的榕树，却又偏是折成一段段插在土里，都能成为活枝，不需长久的岁月，就粗得如拱如抱，不怕天候恶劣，空气肮脏，如此生命力盎然强盛的，大家反都认定它很"贱"！贵贱与有用没用，其实都是站在人自私自利的立场来看的。

我觉得大榕树就像庄子所说的大树——樗，枝干臃肿而不中绳墨，细枝拳曲而不中规矩，木匠们根本连看都懒得看它一眼，然而正因"不材故得以全其天年"，能够在广大的场地上，垂荫数亩。唉！这没有一用的东西，居然苍翠青葱，逍遥憩息，让许多人赞叹留影，以为单单欣赏它就是一种快乐，一种美感，谁会去想它的高大乃是由于没用的结果呢？那么有用没用，所谓"无用之用"，真教人愈讲愈糊涂呀！

忍者龟

"忍者龟"的造形，风靡了世界，继米老鼠、唐老鸭、顽皮豹、史努比狗之后，又一种人格化的动物，参与了儿童的生活天地。据说"忍者龟"是美国人依据日本人的性格，化抽象为具体而设计的。日本这只龟，在战败后，匍匐隐忍，雪耻图强，四十多年后，几乎要爬到世界第一的名次去了。

其实，"忍"与"龟"乃是中国道家学问的核心，就像"仁"与"麟"是中国儒家学问的核心一样。可惜"忍"与"龟"的哲理，国人早抛之脑后，中国人是越来越没有远程的耐性了。

大至国家，小至家庭个人，"忍"总是迈向成功的不二法门。唐朝的张公艺，九世同堂，高宗皇帝去拜访他，问他何以能做到一门和乐不分家？张公艺就写一个"忍"字作为回答，高宗看了竟为之落泪！也许这就是日本武道至今喜悬一个"忍"字的由来吧？

明儒陈白沙有"忍字赞"，他说："当怒火炎，以忍水制，忍之又忍，愈忍愈励，过一百忍，为张公艺！"要想迈向成功，首先要学张公艺的忍耐。忍耐有哪些方面呢？前人有所谓六忍：忍耐顶撞、忍耐侮辱、忍耐罪恶、忍耐发怒、忍耐轻视、忍耐不说。我觉得还有：忍耐欲望、忍耐困穷、忍耐失败、忍耐烦剧、忍耐长程迢迢的时空折磨等，只有懂得一百种忍耐的人，心境才可以宁定，思虑才可以澄明，消祸致福，关键就在这一个忍字中。试看日本在战败后，逢大患难、受大屈辱、有大亏损，就是本着坚忍顺受的教训，小屈于眼前，大伸于日后，大祸竟成了大福，扭转这祸福的枢纽，就在于忍者龟的精神。

称为"龟"，绝无恶意，中国人将龟列为四灵之一，龙凤麟是儒家的偶像，龟则是道家的偶像。庄子称赞沟渎中曳尾龟的逍遥自得，白居易一直自比为老龟，大意是要忍耐卑微的角色，以安详退让作为处境的方法。唐朝人崇拜佩金龟

的"金龟婿"，把龟装成金的，作为富贵的象征，大失忍者
的涵养了。

　　然而日本这只忍者龟，现在也富甲天下，早成为富贵的
金龟。我们必须知道：忍耐的本身就是对自己残忍。所以忍
耐与残忍往往是一体的两面，懂得忍耐的人发起狠毒来，比
常人尤加残忍，所以西方人也有"当心一个有耐心者的气
愤"的名言，就像被龟鳖咬住了，到死都不松口一样。日本
靠忍字诀成功了，但也不能忽略日本军阀在大战时，屠戮奸
淫，手段极为残忍，四卷藏在德国档案馆里，由美国传教士
马约翰所拍摄的有关南京大屠杀纪录片，拿男人当训练刺枪
的活靶，幼女被强奸后阴户插入瓶子或木棍，那只是三千万
被屠杀者的一小角，战败后以经济蚕食邻邦，手段亦不是不
酷烈，欧美各国都在联手防这只忍者龟了，台湾距日本如此
近，能不警觉它残忍的一面吗？

聊天

人生最快乐的事，又是人人都能享受到的，是什么事呢？中国人一定会回答是"聊天"，天南地北，毫无预定的范围，从赛球跑马、归乡说鬼，到股票女人，上下不相联接，古今没个定准，雅俗无人来管，真假讲完就算。摆龙门阵的时候，年龄没长没少，身份没贵没贱，拘束愈少就愈快乐。

聊天，首先得有一个合适的时空，茶艺馆咖啡厅固然可以，借宿一晚的古庙与新落成的山间草堂，也十分美妙，船在轻浪中慢行，或是在花木扶疏的别墅里，更是好空间。至于知己久别而重逢、豪俊初次的见面、芒果或螃蟹新上市、名花正盛开、著作刚脱稿、古董珍玩才到手、老朋友过生日、久居国外的同学初抵国门，哇，那是最佳的聚谈时刻。

聊天时，参与的对象很重要，尽管谈的都是琐屑轻松的话题，但其中若有一个"出经入史"的高逸之士，就真能"听君一席话，胜读十年书"，聊起天来金声玉振，惊叹不已，这是一大享受。其中若有一个"诙谐善谑"的雅韵之士，使得春风满座，笑得前仰后翻，谈吐的机锋犀利，令人久久难忘。其中若有一个"淡妆才慧"的俏丽女子，那聊天起来精神一振，内容变得轻倩而雅致，妙语如珠，可以媲美天上的神仙窟了。

高士才女，不易多得，那么希望参与者是个闲雅真率的人，不装腔作势，不乔装道学。至少也该是个丢开心机与势利的人，想说便说，毫无实用目的。到相互倾吐肺腑时，自然而动人。坐立的姿势也随便，措辞带点错误，让大家笑笑也无妨的人。

聊天时最不宜的情况是：主人很倦怠，草草应付着；做东道主的是一个"惧内"协会的，夜已深啦；主人是个守财奴，茶水电灯费也计较的；大家衣冠楚楚，并有尊严的长辈在座；座中有一个想哭的人，强颜欢笑着；参与者虽雅韵多智，但马上要赴别的约会；聊天的人不断在兼理着别的事务；有一个生客突然闯入；有一个专埋头吃点心的，吃饱就告辞……有这种情况，无拘无束的聊天，就会僵成局促的对话。

聊天时最忌讳的人品是：专门夸张自己，讲个没完，不让别人插嘴的"自满型"。老不忘记自己的职位，禁不住自呼局长董事长的"臭纱帽型"。喜欢凑近别人耳朵嗫嚅的"咬耳朵型"。一句话不对就咬住，寻衅开战，断断不放的"酸醋型"。身段不肯放下，老端着那副架子的"公子型"。想靠聊天来拍马接近、满嘴谄媚的"乞丐型"。只想在聊天中撩拨是非、采集情报的"小人型"。只晓得机械低俗、略事敷衍的"懵懂型"。根本是块石头木头，空腹空脑，无从尽兴的"憨哥型"，或叫"没字碑型"。谈吐怪异，一脸铁青，偏急而令人难耐的"造反型"。如果有这样的人在场，聊天就该马上结束，换个休闲节目去吧！

话多

中国人向来注重少说话，有什么"吉人之辞寡，躁人之辞多""言多必失"等古训。又有什么舌头是有三层藩篱戒护着的，牙齿像"城"，嘴唇像"郭"，胡须像栏栅，就是教人守住舌头，不要多说话。但是中国人一到出国旅行或婚丧宴会，就偏偏话特别多，而且喧嚣吵杂，招人厌恶。也许中国人就是爱大声喧闹，病根难治，所以才有"吉人寡辞"的教训吧？

古训对于女人，更是以说话的音量与多寡，判别"贤不贤"，所谓"声低即是贤，高即不贤；言寡即是贤，多即不贤"。说话低声而缓慢，可说是妇人美德之一了。

谁都相信，说话往往可以反映德性，因为说话是心的声音：心正的说话就正直，心邪的说话就放诞，心自卑的说话就狂大，心齷齪的说话就粗暴，心不公的说话就不能合乎义理，心夸大的说话就不能切准实情。然而说话的多寡与音量的高低，会与德性有关联吗？

留心观察一下：说话没有内容的人，话讲得最多；没什么思想的人，也不是没话可讲的；傻子疯子的特征，常常是话太多；只要志向不笃定，心就浮动，心一浮动，气便躁了，这种人的话必然很多；你去细听话讲得最多的人，多半在讲自己的事；而且愈不快乐的心，食物愈吃得多，话也愈讲得多……话多的确反映出一部分德性。

喜欢多话的人，有一种是求发言后的痛快，不考虑听话者的感受，所以容易招嫌。有一种是骄傲心在作祟，好为人师，对境遇不如自己的人，喜好去影响他、指导他，结果所讲也无非自欺欺人。话多的人不一定智慧就多，事实往往相反，无所不知而有所不言的，是圣贤；有所不知而无所不言的，才是常人。况且话多的人，祸事一定多，所谓祸从口出，骋快多言，臧否人物，不掩饰别人的过错，别人就恨。随着众人的毁誉，也应声毁誉，一些并不得罪你的人，却被你开罪了。古人畏惧"多言贾祸"，才写下"丧家亡身，言语占了八分"及"危莫危于多言"的警示。这么说来，懂得言语简寡一些，对自己可以少后悔，在别人可以少结怨，人缘与德性，与话多确有关联了。

明人陈龙正为了使自己话少一点，提出了"六禁"：不是本着至诚的话，不要说；无益于世的话，不要说；有得有失的话，不要说；将来会有流弊的话，不要说；往圣先哲讲过的，不要抄袭地说；不是能力所及的，不要轻易地说。这六项标准太高了些，句句要有益世人，不许说哲人讲过的，那就近乎"立言"的标准了，况且全是消极的"不要说"，"要说"的又是什么呢？要说的，以一句话概括，当然是：话多不如话少，话少不如话好。

西方民主式的社会，无论开会或上课，都鼓励多发言，多发表才表示有见地。然而西方人的说话，不作兴臧否人物，攻讦私隐，而且在出国旅行，婚丧宴会，凡是大庭广众，必然细声缓语，这种教养，正是"时然后言，人不厌其言"的实践，与中国古训并无不合的地方。

说幽默

　　"幽默"二字是翻译来的名词，在中国约略相等于滑稽，由于滑稽往往会引人傻笑而自毁形象，而幽默则引来智慧的高尚感，所以幽默仿佛高雅于滑稽一些。但是幽默与滑稽所引起会心微笑的方法，是一样的。

　　"滑稽"二字，滑就是"乱"，稽就是"同"，把习俗"相同"的既定观念，突然乱成"不相同"；或是把习俗"不相同"的固有想法，忽然乱成"相同"，将久成定则的同或不同的刻板印象，牵混搅乱，淋漓颠倒，必然引人发笑，这便是滑稽的根源，也正是幽默笑话的基本原理。

　　譬如有人说："永久的欢乐就不是欢乐。"

欢乐就是欢乐，永久的欢乐更是欢乐无疑，结果却等于不是欢乐，矛盾逆折的句法之中，给人意外，偏又是不易的真理，令人耸动耳目去想一想究竟，这其中就有幽默滑稽的趣味在。分析趣味的由来，是把"相同"的欢乐，搅乱为"不相同"的反方向，而仍具有一贯性，大异世俗的趣味，跳出刻板的印象，而诞生了幽默。

又譬如有人说："文官三只手，武官四只脚。"

既有的印象里，人人是两只手的，他偏是三只手；人人是两只脚的，他偏是四只脚，"相同"的常规被搅乱成"不同"，引起听者竖起耳朵来留意为什么？原来岳飞说过："文官不爱钱，武官不怕死，国家就有救。"现在文官偏多了一只手捞钱，武官偏多两只脚开溜，不但不比常人好，比常人畸形而糟糕，使原本"相同"的期待落空，完全畸形成"不相同"的嘲弄，引来百姓会心的微笑，给大家消遣与娱乐。

又譬如有人说："一个离过婚的男人，娶一位离过婚的女人，上床的是四个人！"

一男一女的婚娶，床上自然是鸳鸯一对，这是普天下既定的概念，这儿偏说上床是四个人，多出了一倍。将"同"的概念，说成"不同"，荒谬感之中就诞生了幽默。这对再婚的夫妇，回忆也好，遐想也好，比较也好，心事重重，男女各另抱着一个心中的影子去上床，肉体抱的是一个，心中喊的名字是另一个，有些荒唐滑稽，却是人性。幽默诙谐常常是能掌握人性的共同点，营造出似讽似醒的气氛，不太正经，却引起普遍的共鸣。

以上都是将"同"搅乱成"不同"的例子，再举几个将"不同"搅乱成"同"的例子：

譬如有人说："落花红满地——呵，多谢！多谢！"

花的开谢，与口头的称谢，是两个不同的含义，忽然被牵混一起，浑同一物，说落花红得满地，花凋谢得太多，因此也正是"多谢、多谢"的意思，如此牵连，寓有一点点双关的巧思，化异象成一体，造成意外的乐趣，也是幽默的来源。

又譬如有人说："肥妻所烘的面包也是圆的！"

肥妻周身的浑圆，与所烘面包的圆团，原属两个不同范畴的形貌杰作，忽然牵混而谈，就像胖子写的字也胖，瘦子写的字也瘦，各肖其形，也不是全没来由，一经联想，令人发噱，此类幽默常成为生活中的润滑剂。

又譬如有人说："唯一不会犯错的人是死人，四千年来一无错误的是木乃伊。"

活人与死人，活人与木乃伊，原本是不同的，却拿来一同比较，死人与木乃伊都是"不做不错"的家伙，活人就不必怕犯错，错了就改，犯错改过都是活人特有的权利，"死人不会犯错"像是废话，其中却寓有鼓励人打破乡愿积习的机智，自有予人安慰的幽默。

幽默的界限

幽默的基本原理，是将同异的观点弄乱，前文已经谈过。但幽默的界限，是以不伤人为原则，与讥诮是不同的，讥诮会伤到别人，幽默常挖苦自己，二者自有分寸。

譬如清代的才子洪亮吉在军机处任职时，王韩城相国责问他说："你在背后批评我刚愎自用，有这回事吗？"

"有的。"洪亮吉爽快地承认。

"你是我的门生，为什么在背后毁谤老师呢？"王韩城拉长了苦瓜脸，得理不饶人地瞪着他。

"其实老师只能被批评为一个'愎'字，并没有'刚'的。"洪亮吉从容不迫地分析道，"我因为是你的门生，有师生的情谊，才妄加上刚字，变成刚愎的呀！"

通俗的见解，刚愎是"相同"的一回事，却被他分解成"不同"的两回事，所以十分诙谐。这种机智使对方更加难堪，成了不计后果的讥刺，实在已超轶了幽默的界限。后来洪亮吉不改为人太锋利的性格，语言过分激直，讥诮皇帝"视朝稍晏，小人荧惑"，差点斩头，在"特恩免死"后充军伊犁，赦归后，自号为"更生居士"，不知他晚年是否领悟了幽默与讥诮的界限？

幽默的嘲笑，指向自己就比较安全：

甲："久闻大名。"

乙："就怕不是什么好名。"

甲："你的眼睛好大，好漂亮。"

乙："眼睛长得再大，也看不见自己的缺点，还得仗你多指教。"

如此嘲弄自己，带点幽默，也不至于过于滑稽而失掉气质。轻微的自嘲，反而表露出内心的余裕与开放的性格，因为可以自我开玩笑的人，对于别人开他玩笑，也较有宽大的容量，这种有包容力的胸襟，会产生幽默感的魅力。

幽默的锋刃，如果指向共同的人性，不要特定是谁，则未尝不是好题材。

譬如明代有一位著名裁缝叫厉成的，刀法如风，名官大臣，经他一剪裁衣裳，个个合了身材，仪态万端，到他退休那天，许多京师的裁缝都围着他，要他说出剪裁官服的秘诀。

厉成说："我剪裁大官的衣服，不只看他体型高矮肥瘦，更重要的是问清楚他任职的年数！"

围绕四周的裁缝大感错愕，同一个官的衣服，却因任职资历浅深就有了不同？

厉成说："这个官如果是刚上任，意气很盛，不可一世，姿势是上仰的时候居多，衣服就要前长后短；任职稍久，意气渐平，就前后长短相等；如果任职已久，久久不迁调升官，茫然心虚，连一个工友也不敢得罪，见人就笑揖，那时的衣服要前短后长才行！"

众多的裁缝听了都心服，没想到有一位年少的裁缝大不以为然，他说："现在时代不同了，许多新官刚上任，边还没摸清楚，就到处谦卑，一朝摸熟了，抓稳了，就骄傲跋扈。而且一遇红上级就屈膝卑躬，一遇冷官曹就傲慢自大，一天之内忽然前短后长，忽然前长后短，那要怎么给他裁衣呢？"

厉成哈哈大笑说："正因为猢狲戴帽的时代来到了，风气大坏，我才要提早退休嘛！"

拿做官的消遣消遣，是古今不变的好题材，在谈笑间使小老百姓精神一振，有助健康。但千万要相机而作，幸勿当面伤人，谚语说："蚊虫遭扇打，只为嘴伤人。"幽默讲到挨扇打，那就下场悲惨啦。

管好舌头

人身上最具威力能"造福"的器官是什么？大概要数舌头吧？人身上最危险能"造祸"的器官是什么？大概仍要数舌头吧？

舌头真重要，说人是有思想、有智慧的动物，没有舌头就无以表达；说人是善于模仿学习的动物，没有舌头就无以导引。

一个人有没有教养，讨人欢喜或是令人讨厌，大抵都决定在他有怎样的一副喉舌。常言道，一进人家门，往三面看看，就知道这是什么样文化的家庭。一逢到陌生人，听他三句话，就知道这是什么样品格的人。一个傻瓜只要装得老神在在，死不开口，没人会知道他是傻瓜，无奈傻瓜总是无法掌控自己的舌头，接二连三地出糗，把自己的昏聩愚蠢不停借着舌头表现无遗。所以舌头常常是表现自己最赤裸的履历表，也是决定一个人成败的关键。

西方人说："人最大的财富是舌头。"乍听之下，感到惊异，其实靠舌头而取得富贵荣华的人，不计其数。苏秦、张仪、范雎，这些叱咤风云、纵横捭阖的人，全靠三寸不烂之舌，当年张仪受到诬枉，被打得遍体鳞伤时，惊问别人说："我的舌头还在吧？"别人告诉他舌头无恙，他那富贵的希望就不至于幻灭。当年范雎受到冤屈，也被打得肋骨牙齿都折断，被丢进粪厕里任人便溺，只要舌头尚存，终有翻本雪耻的一天。

也许这些专在舌尖上做功夫，把厉舌炼成好兵器的纵横家，不是该崇拜的。但舌尖上沾一点蜜，让满口都是甜的，舌尖上沾一点爱心，让口边都是春风，对人对己，都只有好处：经商则顾客最众，办事则助力最多，教学则成效最大。中国谚语说"一天口角三天穷"，正是"舌头是最大的财富"的批注，可见舌头果真威力强大。

舌头除具有危险的杀伤力，更具有危险的煽动力，韩非子在《说难》一文中，对于如何调拨舌头，认为是一件极难的事。只有傻瓜才觉得说话最容易不过，自以为巧舌如簧，大逞辩才，滔滔不绝。

古人劝人"话不要骋快说"，就是怕在感情激动时，许多不该说的话从舌边溜出来。舌头有时像樊笼，一旦放语言的猛兽出柙，想捉拿回来极不容易。西方人说"许多人倒在剑刃下，更多人则倒在舌头下"，也正与中国谚语"舌头底下压死人"同一意思。中国还有"言多必失""祸从口出""祸莫大于多言""一言丧邦"等名言，可见舌头充满着危险性。

舌头既然有"造福""造祸"双面的功能，那么如何管束住舌头不"造祸"，并把它发挥在适当的场所来"造福"，是人生的大课题。前人对"管好舌头"有不少话可作为座右铭：

舌头在嘴的深奥处，用牙齿做城墙，再用上下唇为外郭，唇嘴四周又以胡须做铁丝网，三重戒严设施，目的是造物者要人谨慎说话。

只有称赞别人"多闻"的，哪有称赞别人"多言"的？

话不想就说，就像路不看就走。

说话的要诀是：言恶不及人，言善不及身。

自以为说话直的人，失言最多，摭拾别人的小过失，以直言来博取名声的，招来的怨恨最多。

善于诙谐幽默的人，绝不会一概地饶舌。

多言必多枝节，多事必多口舌。

水一激就向上逆流，火一激就星星横飞，话一激就祸乱齐起。

是非一出口就难收回，可怜八尺的身躯，常任凭三寸舌头决定生死。

床

你怎样看床呢？普普通通的一件家具，对健康者来说是身体舒适的宫殿，对病人来说是脱身不易的牢房；在失眠者看来，它是不闭的睡眠门户，是跟枕头赌气的地方；在睡仙看来，它是个用鼾声来演奏"混沌谱"的好舞台；在轻薄儿眼里，它是浪漫的故乡，是电影票房的产地；在道学家眼里，它又是闲邪存诚、延寿长生的修道蒲团呢！

我看床，它是知心的朋友。

你心头有一点小秘密，床一定最先知道。你恨一个人，禁不住捶了床一下，骂一句粗话，静夜无人，却只有床听去了。你爱一个人，刚冒出半个名字，绝对没人察觉，但床又听见了。你志得意满，袒开肚子呼呼大睡，床就拱着手，安静地不作声。你稍有忧虑，翻来覆去，辗转难眠，床也吱吱嘎嘎地为你寝馈难安，伴你到天明。夫妻吵架，床笫失和，最不可能为外界所知的私事，床最明白。

再知心的朋友，最最隐密的事依然会瞒着他的，只有床，越隐密，它越清晰知道。任何知心朋友，听完你欢乐或忧愁的故事，安慰几句就走开了，只有床，不作声地一直听你说，夜夜切身相随，共度哀乐的岁月。

我看床，它是长期的恩师。

一生中，一半的时间在床上，床是精力补给的场所，也是再出发的起点，检讨白天的错误，修正奋斗的策略，床是陪着你的长期而无声的教师。一个人如果没有在床的幽冥中，领受良心深刻的指点教益，那一生都在蒙昧白活之中。

有人在枕上绣着"寝贵无想，气和体平"，教你把烦恼踢下床去，倒枕就忘情，做个长寿人；有人在枕上绣着"兴寝有节，适性和神"，教你该睡就睡，该起就起，不做懒汉。都是把床看作一间教室。

人在床上生，也在床上死，曾子到了临终那时检视完整的身心，才在床上说："这如临深渊、如履薄冰的一生总算平安度过了！"他是床的优秀毕业生。在床上学习，不仅学什么"曲肱而枕之"、什么"睡似弓"之类的姿势，不仅学什么"先睡心，再睡眼"之类的方法，而是今天躺在床上的，若仍然和昨天躺的同样同质的人，一无长进，就算是白白辜负了闻鸡起舞的一天。

我看床，它是最细腻的护士。

生活有时冷酷无情，床也催你早睡；生活有时狂热有味，床也催你早睡，床总是提醒你：得失不重要，健康最重要。所以床是天然的保姆，保健的医师。

白水是最好的良药，睡眠也是最好的治疗。疾病有药医，恐惧担心却没药医，只有靠床的百般慰贴，引你酣睡，然后不药而愈。

我看床，它有时也扮演最甜蜜的骗子。

床的骗术，就在能酝酿多彩多姿的梦境，什么富贵荣华的邯郸梦，东征西讨的南柯梦，朝云暮雨的巫山梦，梦境奇奇怪怪，变幻万端，逢人就翻新，连根本不认识的人物，根本不存在的爱恨，全带进梦乡来，让你白欢喜一场。

尽管梦是虚无骗人的，夸大不实的，但是床仍是最温雅珍奇的地方，连一个最不爱上床的夜猫子，一旦上了床，连金鸡也啼不醒，你告诉他美食当前啰，美景满眼啰，连皇位密钥都可以和床调换啰，他还是赖床不起，你看这夜猫子爱床不爱？

磨

随着时代的工业化，要用耐心去"磨"的东西，渐渐地少了。砚台上的墨不用磨，早改用墨汁；绣花针哪里还用铁杵去磨？模子铸造，长短齐备，连绣花也早改用了机器。镜子改用玻璃后，也不像铜镜需要勤加拂拭磨亮了，刀剑更不用磨，钝了就丢。即使日用的米粉面粉，早不用人力去推磨，古人认为从生活中先须学会耐磨，不要动气，才有事业可成，认定"性躁心粗，一生不济"，但现代人在生活中很少有"磨"的锻炼，难怪等待的耐心全失去了。

从前人要写几个字，就得先磨墨，人在磨墨，墨也在磨人，墨磨出了云烟，墨磨出了古香，想要"笔饱墨酣，一泻千里"，先得按住性子静静地磨，不然几翻席污，如何能享受到"呵一滴泉，飞万斛珠"的作文乐趣？到了把文章写出名，谁家的砚台不是快磨穿的？

从前人想要一根绣花针，竟有用铁杵去磨的，"十年磨杵杵成针，九孔玲珑见苦心！"亲手磨成的金针，何等可贵？绣花绣到被称誉为"针绝"的境界，又何等有耐心？相传李白读书未成，抛书而去，就是在路上遇到磨杵的老妪，是老妪"欲作针"的强烈决心感动了李白，使他走回来将书读好的。

其实天下的事物，我们就是最爱看长期磨出来的东西：奇伟层层的幽深崖谷，是亿万年冰河磨出来的；玲珑的圭璋瑚琏，是匠人长期痛加磨琢而成的；小说里男女主角的团圆相会，必待长期的磨折久待，而后结局令人欢忭雀跃；情人间耐人一读再读的情书，也必待内心反复磨荡，细心抒写而来；即使武林的拳师侠客，想到达"电转泉流"的武艺绝境，谁能凭借一本秘籍而不是经过百炼千锻？自然与人事，都难有一蹴可成的东西，能耐人细细品味与激赏的。

所以上天要成就谁，全在穷困抑郁的磨难中检验一个人，天要对待你厚、成就你大，没有不把你磨得又久又苦的。孔子对拂逆的境遇采取了"发愤忘食，乐以忘忧"的态度，就是以接受磨难为当然，才能将"愤"与"忧"当作他快乐用力的功课。许多人忧愁目前为这所苦，为那所苦，不知道这些贫病拂逆的劳苦，就是人生学习最实际的地方，轻易放过种种磨难，等于逃避考试，哪会有成绩？

无论你想成为一个掀天动地的"志士"，需要耐磨；一个节义昭著的"义士"，需要耐磨，即使做一个遁迹茅茨的"隐士"，也一样需要耐磨。贫贱时立品，需要磨，富贵时立心，也需要磨，俗语说："吃得三斗酽醋，方做得宰相。"一个宰相不是受的掌声比别人多，而是受的人生磨难比别人多。铜镜不磨，如何能照晰万物？铁剑不磨，如何能划断百物？一定先有过人的自我磨炼的苦功，才可能超越别人。

怒

从前薛敬轩对人说："我下了二十年工夫，专治这一个'怒'字，依然去不掉！"刘念台听了便评论道："能知道自己治不掉，这便是胜过别人的地方了！"

娇柔的玫瑰枝上有刺，笑口常开的弥勒佛身旁有怒目金刚，美丽壮阔的长空与海洋，也常有风云变色或覆舟决堤的吼啸，怒似乎是造物在人情中必有的配料。认定了是非，无法涵容，就怒；算就了得失，无法退让，就怒；猝然的事端，无法安详，就怒；不平的境况，无法忍受，就怒。怒几乎也是一种自以为正义感的——近乎正义感的疯狂。

其实绝大部分的怒，都起于愚蠢。为了打一只老鼠而掷

碎了瓷枕；为了赶走老鼠而烧掉自己的房子，须臾之间的一
把怒火，可以烧掉修炼千年的"功德林"呢！古人有诗：
"愚浊生嗔怒，皆因理不通。休添心上焰，只作耳边风！"
嗔怒是从内心愚浊的幽谷里爆发出来的，真正的来由是"理
不通"，明白了是非的实相与人生炎凉的必然性，怒是可以
省略的，别人怒了是因为"理不通"，我如果也怒，岂不与
他一样"理不通"？

所有的怒，都结束于后悔。伪装矫饰，美化自己了多少
年，一怒之下，却把自己最丑陋的面目裸露给别人看，自损
形象，再无法收回，怎能不后悔？发怒的目的原本想表达不
满，驱除痛苦的，没想到发怒反使自己陷入更深的痛心与
不安之中，怎能不后悔？王安石曾说："一言一动，毫厘不
忍，遂致数年立脚不定。"可见短短的一怒，有时会造成数
年的不安，更何况剧怒一定伤身，所谓"盛怒剧炎热，焚和
徒自伤"，怒火于事不能解纷，徒然伤身，又怎能不后悔？
因此有人说：要惩罚一个敌人，最毒的方法，就是让敌人常
常陷在嗔怒的不安之中。

"怒起于愚而终于悔"，是不错的，许多人是"随怒随
悔"，那么这一怒不就太多余吗？你看别人发怒的时候，那
副样子有多难看，你能忍受这副面孔在你脸上复制？而愈低

贱的人，愈容易怒责别人，因为低贱的人缺乏自信，喜把"迁怒"作为心理防卫的方法，你若不愿同于低贱者，就得循着"理"来，不必激于"气"，气可以相激，理并不能相激的，君子讲理，只有理可以制伏气，平心顺理，彼此的怒火大都可以熄灭，就不必激怒人，也不致被人所激。

　　况且天下任何可怒之事，并不是"一怒可了"，妄想"以怒止怒"，只有火上加油，很少有快乐的结局。即使"正礼大义"，也往往被愤怒所败坏，因此遇到怒事，只有平心顺理，进而宽容同情，能"理直而气不壮"，想着"饶人不是痴汉，痴汉不会饶人"的古谚，就更显得涵养高贵，明代的解缙常常勉励自己说："把心处在熙春丽日之间，天下便没有可怒之人了！"这是何等的景象与气度！

悔

后悔有好有坏，说什么"无怨无悔"，那是指爱心的奉献，才是高贵的。如果一味任性恣情，不懂得后悔，那就是愚蠢。所以在大都的场合，后悔乃是内心智慧的光，足以澄清错误，带来再生的转机。同时，后悔也表示心中仍存在善良与公正，及早悔悟，行迷未远，是可喜的。

在明人宋纁的《古今药石》中，读到寇莱公的《六悔铭》，要人及早觉悟悔改：

官行私曲，失时悔。

富不俭用，贫时悔，

艺不少学，过时悔。

见事不学，用时悔，

醉发狂言，醒时悔。

安不将息，病时悔。

"官行私曲，失时悔"，做官的，心要如秤，不能为谁而任意轻重；心要如水，不能为谁而任意倚侧。一心为民服务，不为个人的利害或喜怒，而有所偏失、曲护，至于受贿、包庇、冤狱、关说，置法令于不顾，当漏失被纠举出来时，后悔就晚了。

"富不俭用，贫时悔"，凡是装门面、讲排场、骄纵挥霍的人，都会很快沦为匮乏贫困，富时和你一起佳肴美酝、舟车趁逐的朋友，在你贫穷时早已不见了，谁愿代你填补往日浪费时的大窟窿呢？"千金散尽还复来"，这句话靠不住。

"艺不少学，过时悔"，年少学艺，事半功倍。年少时懒惰荒嬉，坐成痴呆，直到"一头白发催将去，万两黄金买不回"，少年的时光真宝贵，不知努力，等老大时徒留伤悲，便追悔无及了！

"见事不学，用时悔"，经一事，长一智，社会是学到老的终身大学，逢事就留心，随时便学习，储蓄实际经验，使人生更成熟，临到用时，便活手活脚。人只有在拒绝学习的时候，才是真的老朽了，临到用时，懂得少的人危险就多，没有不后悔的。

"醉发狂言，醒时悔"，狂饮猛拼，好像很豪爽，等到醉时胡言乱语，吐呕遍地，无礼冒犯，失态献丑，醒来就不胜懊悔啦！要明白中国人的劝酒灌醉，都是把被灌的人当作"骇子"看待，你又何必自以为海量而气雄一时？

"安不将息，病时悔"，人在疾病之中，都会进行忏悔，只可惜病一好转，又全忘了！名利的计较，琐屑的操劳，喜事生事，不加节制，不稍安息，必须等到生病才开始后悔，如果没病时就想想生病之苦，许多尘心焦思，就减省去一大半了。

千里井不反唾

在古人的谚语里，简单的几个字，往往有着深刻的经验与无穷的智慧。像这句"千里井不反唾"的古谚，起先还弄不清它的含意，后来才明白，大意是说：一个要到千里之外去的人，对于曾经让他喝过水的那口井，即使今后再也不需喝它的水了，也不该向那口旧井吐口水。

这句话教人感动之处，就是人总得在现实的利用之外，有一份怀旧的情意。这古谚用在前人的诗里，大抵都用于离婚的夫妻，好像与"糟糠之妻不下堂"的用意相近，后曹植代人作的《去妇》诗："千里不唾井，况乃昔所奉。"是说从前侍奉过你的人，就像被饮过水的井一样，不能因为你要远行到千里之外去，就对旧井无所谓，鄙夷地反唾一口痰了。又像李白为平虏将军妻作的诗："古人不唾井，莫忘昔缠绵。"也说古人对供应饮水的井，饮过一瓢一勺，都有一分感恩的情，不肯随便吐口水，更何况从前有过缠绵的岁月，如何能一笔勾销，完全忘却旧恩呢？

我觉得这句谚语，用在今天男女爱情上，也是十分隽永有味的。凡是真心相爱过的男女，不管将来分手离别是如何，一定把爱谨记在心，默默祝祷，不要说细数前愆了，连一个字都不会吐露泄怨的。真爱总是密锁在心，而那些动辄就详数自己恋爱过五次十次的人，一一道出所以不能结合的缺点缘故，以证明不是自己薄情，这种自我圆足的诉述，不懂得真爱的真谛，愈诉述愈像儿戏，愈诉述愈骄矜，愈诉述愈不该，就如要远去千里的人，对故井回吐一口痰，是极为无情的。

只要喝过一天水的井，就要不忍心弄脏它！一面是为别人还要喝，一面更是为了自己的感恩心情。就像古人说的"食不毁器，荫不折枝"，用来吃过饭的碗，不忍心把它敲破，坐在下面荫凉过的树，不忍心折断它的枝条，推广这种心意，做人才有意思！

糊涂脸水聪明枕

　　"糊涂脸水聪明枕"是什么意思？我在清人黄之隽的《詹》里读到这一句谚语，一开始弄不懂它的含义，后来才明白，它是说：在五更睡觉初醒时，天色未明，这时无论是悔悟过去的事，或是料理将来的事，一一都了然于心，在枕头上的人是最聪明的，等到一起身盥洗，是非明辨的事，立刻十忘其五，所以说洗脸水是糊涂水。

　　"糊涂脸水聪明枕"，真妙，凌晨子夜，反侧枕上，这时繁华褪尽，寂寞增添，正是人未泯的良心呼声最高亢的时分，因此在这分冷淡里，有着无限的清明境趣。放纵自己的地方如何改进？愧对朋友的地方如何补救？困难的事件如何着手？无法挽救的缺憾也在这时候再抽痛一阵吧！在这时分，许多被忽略、被遗忘、被蒙蔽、被遮埋、被误解的事件人物，都复苏似的明白地被摊了开来，啊，枕上真是聪明的时刻！

等到一骨碌起身盥洗，俗事的累赘、交游的诡诈、势利的计较、人我的恩怨，人就很快又被厚重的红尘所掩埋，良心的呼声在脸水漱洗以后，变得极为低微喑哑，所以居官的人，枕头上还想过忧恤下民的，脸水一洗，就只知道巴结上司了；居家的人，枕头上还想过孝敬父母的，脸水一洗，就只知道宝贝儿女了；士农工商各界的人，枕头上都愧悔过要想想别人，等脸水一洗，就只知道图利自身了！悠悠忽忽的一生，颠倒陆离，老天也无法收罗陶铸我们，真该为这洗脸水而羞愧呀！

因此我想到奸诈的曹操，为什么写出光明磊落的短歌行呢？"山不厌高，海不厌深，周公吐哺，天下归心。"有人说是良心的自赎嘛！有人说是文行不符嘛！我想这可能是曹操反侧无寐，伏在枕上写的吧？"月明星稀，乌鹊南飞，绕树三匝，何枝可依？"听得好细，想得好神！良心在枕上有片刻的乍现，不然哪来"自赎"的良心呢？可惜等到脸水一洗，权势的欲望像太阳一升起，良知的星光月色早就黯然不见啦！

这么看来，"聪明枕"实在是人生值得珍惜的清虚时刻，这一刻的神智无滓无秽，摆脱了浓鲜醉饱的昏聩，给人反省改过的机会。可惜现今的社会，误以功利作为人生成败的评判，所以才觉得谁有钱有势谁最美，其实有钱有势的人，攫取最多，未必贡献最多，因此他们可能是孽障最深的一群，私心的蒙蔽最深重，天德开朗的机缘也最少。人生成败的评判，应以品德为主，谁主忠主信谁才最美，脸水一洗以后，险诈百出，只有枕上聪明，诚信偶现。吕成公说："诈虽万而不足，诚守一而有余"，珍惜这聪明枕吧，守着这一丝诚信的良知，开创千秋无憾的人生。

人生的苦境

　　人生最乐的事是什么？有人会说是饮着醇酒、接近美人；有人会说是著书立说、传世千年；有人会说是游山玩水、周游列国；有人会说是移民出国、隐居桃源。

　　那么人生最苦的苦境是什么呢？数数历史上的人物，发现答案居然也可以与最乐的乐境相同。

　　找醇酒美女来宣泄愤懑，在极乐的事里常有着一颗极苦的心。史记里的魏公子无忌，待人谦而有礼，二度击败秦兵，救了赵国，但魏王中了离间计，不再信任他，他只好谢病不朝，与宾客们喝酒通宵，史书上说他"饮醇酒，多近妇女，日夜为乐饮"，抛开煌煌的事业不干，将一腔忧愤痛泪，借着酒色鄙事来发泄，有时会比求死不得还要痛苦。

另一个例子是孝惠帝，见他母亲吕太后手段毒辣，把戚夫人断去四肢，躺在猪粪里，号称"人猪"，他就不肯再上朝，以"日饮为淫乐"，甘心让酒与色相两柄斧头，用"双斧伐孤树"的方式凌虐自己，早早伤生而死。后来的唐伯虎、卓人月，都是对事业前途绝望后，去过"胭脂队里醉千场"的生涯，醇酒美人原来是另一种形式的寂寞悲哭。

依此类推，发愤著述，在极乐的事里也可能有着一颗极苦的心。像屈原在怨极的时分去写《离骚》《天问》，像韩非在怨极的时分去写《说难》《孤愤》。屈原、韩非如果没有极高的文学才华来宣泄忧闷，说不定也会去找猥庸的醇酒美女。《史记》里的虞卿，放下万户侯的卿相之印，受困委屈，不得已只好著书，司马迁说"虞卿非穷愁亦不能著书"，这话其实也正道出了他自己写《史记》的心声，更为后代的知识分子建立了应付挫折的一种悲哭方式。

游山玩水该是乐事了吧！有时这乐事底下依然可能有一颗极苦的心。且不论被谪戍贬逐的那些人，即使是一个自由之身，混迹于大野通都，放浪于斜阳蛮烟，可能也是借着眺山览水，作为对苦心的宣泄。像清初的顾炎武，就是在国家亡后，想游海上，没去成，就奔走天下，广结天下豪杰，还

六次拜谒明帝的孝陵，作诗说："奔走六七年，率野歌虎
兕，行行适吴会，三径荒不理！"不回家整理故园荒废的三
径，只关心天下的大计，一生跋涉山川，过着"处处为家、
处处非家"的漂泊生涯，他曾对他的外甥说："有体国经野
的心，而后可以登山临水！"他将游历所见，写成《天下郡
国利病书》，可见他车辙所至，眼神所及，无一不是故国山
川里血泪交迸的苦境。

那么移民去国、隐于桃源，该是乐事了吧？对安土重迁
的中国人来说，仍可能有着不得已的苦心。"物生有所，慎
勿迁徙"是中国人的民族性格之一，除非万不得已，谁不眷
恋旧乡，回翔再三？当年孔子离去父母之邦，车马迟迟其
行。介子推想离开晋国，也是身虽隐而心不甘于隐。朱舜水
移民去日本，还不是夜夜拿着大刀，到海边去眺望中国吗？
想想自己既无扶颠拨正的方法，又没补空填海的本事，有形
的社会排挤争攘还可以忍耐，无形的理想破灭而无所依托，
才是最大的悲哀！陶渊明写桃花源里的人，避向与外人间隔
的绝境，做到"不知有汉，无论魏晋"，连家国中改朝换代
的事都毫不关心，有几人能做到？真能做到，又是何等狠心
痛苦呢？

如此说来，人生的苦境乐境，真是难讲，并无一定，极

乐的事，居然也常常就是极苦之境，端看人的品等不同，有所不同；人的性格不同，有所不同；人的心境不同，而有所转变不同了。

诸恶的根源

市场上有甲乙在对骂，嗓门非常大。

王阳明听了，就对门人说："这是在讲学呀！"

门人去听了一会儿，驳正老师的说法道："分明在吵架！"

王阳明笑笑说："甲在说：'你没有良心。'乙回敬道："你没有天理。'谈天理，问良心，这不是讲学是什么呢？"

阳明先生顿了一顿，接着叹了一声道："可惜只知道责问别人，如果是自己反省天理与良心，那何啻是讲学，天下的'道'也就在这儿啰！"

从这个故事里就可以领悟，原来"道机"是盈遍于天下，只要虚心去体认，可说是"随触随动"，皆可悟道。贤人与愚人的差别，也原来只在贤者能责备自己，愚者只责备别人而已。

不肯责备自己，就等于绝了圣贤的路子；只喜欢责备别人，也就伤了天地的和气。责备自己，需要很大的勇气，西方谚语说：最大的敌人是自己。既然如此，能自己降心改过的人，就天下无敌了。子路是一位大勇的人，最大的勇气就在"闻过则喜"，能够自责改过的，就是勇士，古谚道："自胜之谓勇。"真勇的人是克服自己，而未必要战胜别人。

可惜的是，人总喜欢去责备别人，扬人之恶，愈说得有凭有据，愈显出自己刻薄的个性。因为讨论别人只往坏处想，衡量人情只往薄处看，这个阴私刻薄的念头，就已经使自己沦为小人了。常言道："好说己长便是短，自知己短便是长。"一味责备别人的家伙，对自己的检点一定最欠缺，必须是能看到自己的短处，发现别人的长处，这人才有长进，如果发现别人皆有长处，而我的短处太多，赶快改过，那就大大地长进，离贤者也不远了。

至于受到别人的责备毁谤，应该如何自处？古人大抵都主张笑一笑，不必理会，让众人觉得你带点委屈，才是人生的好消息。有些古人则更了不起，像路文贞公就以为：对别人的毁谤讥诮，如果我能改之，就增加德行；如果我能安之，就养成器量，都有好处嘛！而申涵光更认为：揭我疮疤过错的人，都是与我有嫌有仇的人，他们会不遗余力地去发掘，去张扬，使我一向所行中有细小错误的地方，自己都不在意的，被他们一一纠出来，才能让我明白错在哪里，赶快改正，使我更完美，更上进，从这个角度看，这些仇人，常常在赐恩于我呀！

当然，被人责备讥诮的滋味是不好受的，而任情去责骂别人，多爽快呀！骂尽天下无好人，还可以为自己的恶行脱罪呢！为人子者，所以会不孝，就是因为他觉得父母有不对的地方；为叛徒者，所以会不忠，就是因为他觉得老板有对不起他的地方，给自己以借口，忘了自己的不孝不忠更可恶。祝世禄在《环碧斋小言》里说："见人不是，诸恶之根；见己不善，万善之门。"天下的有道无道，善恶的肇因就在这儿呀！

一窝蜂

　　元朝时的许衡，和一群朋友出远门，过河阳时，大伙都渴极了，看见路旁的梨树垂着许多梨，都争着去采来吃，只有许衡静坐在树下不动。朋友奇怪地问他："为什么不采？"他说："不是我所有的，任意去采是不可以的。"朋友说："当今是乱世，梨树早没有主人啦！"许衡却坚持地说："梨树即使没有主人，我的心能没有主人吗？"

　　许衡终于成了大儒，是个不肯一窝蜂随俗浮沉的人。一般中国人的通病，就爱一窝蜂，一窝蜂或写成一窝风，拼命三郎式不要命的一窝蜂，或只跟屁股不见眼前的一窝蜂。一窝蜂养来亨鸡、养福寿螺，一窝蜂搞"客厅就是工厂"，一窝蜂炒股票，一窝蜂植槟榔树，这几年又一窝蜂搞选举……

探究中国人特别喜欢一窝蜂的原因，第一是金权愈来愈神，所谓"利之所在，令人目盲"，追求者望风追响，形成披靡的局面。

第二是基于浮躁的习性，求速成，求快效，什么事都容易出现过热的现象。

第三是喜欢认同"大家都这样嘛"的社会拉力，无法自己站稳脚跟，仓皇奔忙中，丧失自我的真性本色，换句话说就是太"俗气"。什么是俗气？"随人之情欲谓之俗"嘛！

病情既然洞悉，就有治好的一半希望了。要想改造一窝蜂的民族性格，首先得多读儒家的书，建立正确的价值观。孟子的书一开头就辨别"利"与"义"的界限，就知道千万世人的迷惘，都从"利"字开端的。义是"不乱取"，不乱取的利，才是真利，真利是"义之和"。钱财是民生日用间和谐共济的工具，理财的崇高目的是"经世济民"，不是只求自己成为垄断的大财阀。钱财如成为生活中唯一追求的目标，人生会很乏味，人生必须有几分高于追求财富的理想。

其次是该倡导一些道家的静退哲学，当潮流汹汹席卷时，想想老子以静来治"轻躁"、治"劳热"，道家的静，不是不动，譬如安稳地走路，不匆遽地跌倒，不冒险地蹈危，就是静。外界诱惑即使多，静者不会丧失自己去随人驰骋，弄到"令心发狂"的地步。这种"清静自正"的功夫，在滔滔浊流中何其珍贵！《庄子》中说的"人皆取先，己独取后"，这不是退缩迂腐，实在是遏阻狂澜既倒一窝蜂的砥柱力量。

当然，进一步建立优游自得的生活态度，更为有意义。所谓优游，就是神气凝定，进退绰绰有余。所谓自得，就是自我可以做得主宰。许衡的静坐不贪野梨，就是一副自得的画像。人生的舵柄操之在我，要行就行，要歇就歇，胆壮神活，眼宽心安，趣舍好恶，动静有常，这种优游自得的生活态度，才是真，才是雅，才是不俗，教育成这种气象的中国人该有多好？当然就不会一窝蜂。

陌生人也是人

电视中插播一段话说："中国人在上饭桌时，你推我让，彬彬有礼，但一到上公车时，你挤我攘，全是另一副面孔，大概是中国人有双重性格吧？"其实不见得是什么双重性格，而是只把熟人当人，一遇到陌生人，就不当人看；如果在上公车时遇到一位熟人，也会照例谦让半天，使车子空等、车掌跺脚。

由于只把熟人当人，所以到任何地方去办事，不去问规定如何，先要打听里面有没有熟人。没有熟人，规条冰冷，去办事屡遭白眼，对你的询问总是缺乏耐心，回答起来有气无力；如果是熟人，就大为改观，马上白眼变青眼，笑逐颜开，主动提示你通融过关的方法，热络到把规定可以放在脑后。所以任你有专精的学识，细密的头脑，未必管用，至今中国社会中最吃香的人还是"人头熟"，人头熟就办法多，人头熟就吃得开，人头一熟，吃亏的机会就大大减少，假酒假货，都是卖给陌生人的！

但想一想，熟人毕竟有限，众多的陌生人都是我们的同胞或同类，把陌生人不当人，爱心就太狭隘了。然而中国人对陌生人总是存有戒心，对人才的识拔，也往往限于熟人，圈子永远是那么小。曾经有一位大学的系主任对我说："我用错一个人，就是我终生的罪过，所以我聘用人，一定是要从小看他长大的才放心！"他的审慎令人佩服，但天下的人才，如何都能让你从小看他长大？这对满腹经纶的陌生人，十分不公平。今天许多大学里差不多全用自己人，大概正是这种审慎推理的结果吧？结果如何呢？一潭潭都成了死水。

事实上，就人才而言，陌生人是不容忽视的，当年汉高祖在彭城吃了大败仗，一下马就踞鞍而问："谁是可以与我共建大功业的人？"张良就建议必须靠黥布、彭越、韩信三人来协助，这三人中有两位是陌生人。陌生人中有选拔不完的人才，有开发不尽的力量，放开胸襟，化陌生人为熟人，终于奠定了大汉的基业。西方人喜欢从公开征求中识拔人才，遇缺就公告天下，让有实力的人一齐有机会较量本事，不但不排挤陌生人，更张开胳膊欢迎新鲜人。所谓"天下为公"，就必须先突破"陌生人不是人"的圈圈观念。

当然，中国人偶尔也有把陌生人当人看的时候，那就是听到某位熟人获奖，某位熟人升官，心中的委屈难过，久久愤激不平，宁可获奖升官的是陌生人，反倒觉得泰然无关，管他是什么草包脓包，只有在那个时刻，熟人反而不是人，陌生人才算是人了！

什么货色

　　"请仔细看看这是什么货色！"这话是带着骄傲的口吻炫耀，还是带着轻蔑的口吻污辱？同样一句话，端看说话者的神情语气。"货色"二字中原来是充满着玄机的，不单是指"货品"的等第，而是指人生的关卡。

　　"货色"二字成了人物内涵的品质，"什么货色？"居然可以指这人的人品、学问、才能、性格等综合的分量。其实"货色"二字最早见于《书经》，货是指货财，色是指女色，货财包括了"饮食"，女色包括了"男女"，货色乃是指人性基本需求的饮食男女，我需要饮食男女，别人也需要饮食男女，这人情上最渴求也最正常的"货"与"色"，人人必需，不能不用，于是人人所争所贪也往往在此，竟成了人品的高下与考验人生的关卡了。

汉高祖刘邦年轻时，是一个"好酒及色"并轻狎朋友的家伙，起兵进入关中，见货宝如山、美女如云，酒色财气，哪能不沉醉？幸好他听了樊哙、张良的劝告，立即把贪欲收敛起来，范增派人去刺探情报，发现刘邦竟一改"好酒及色"的常性，居然做到了"妇女无所爱幸，财物无所婪取"，就判断他"此其志不在小"！做到"妇女无所爱幸"便打通了"色关"，做到"财物无所婪取"便打通了"货关"，打通这两关就不是平凡的人物，难怪望一望刘邦这批人的气象，个个"五色成龙虎"，有称霸天下的气象啦！

一般平凡的人就只在"货色"两字中打转，所以刑警办谋杀案件，大抵分情杀、财杀、仇杀三方面去研判，人天生下来，哪有一生下来就立意要害人的呢？都是后来面临财色名势的掠夺，才会有争嫉害人的念头，以致败尽了一生。可见"货色"二字真是人欲险恶的难关，一临货色，本性暴露，往往破坏别人的家业，败坏自己的品德，原本持有的刚劲之气，洁白之操，仁礼之性，常常被嗜利好色的念头所断送！西方人说"观察一个人最好观察他怎样恋爱"，其实观察一个人也最好观察他怎样面对财物。艳丽妖冶的"色关"，当然难度，但它对天下病害的关联还不多，以自害居多；而有钱有势无所不能的"货关"，最容易丧失仁心，仁心一丧，则礼、义、智、信也就全盘瓦裂，所以财货对世害造成的层面会更大。

圣贤教人留心"殉于货色"，提出了"几人到此误平生"的告示牌，但圣贤并没有教人绝欲弃财，说得不合人情的清高，而是教人要懂得饮食男女的"餍足"，不要放任到掠夺"无厌"的境地，依从"人情之常"，而引归"天理之正"罢了。

朱熹曾说过："吾辈于货色两关打不透，便是无话可说。"又说，"学者打破财色二字，方是小歇足。"对于志士的勉励，一再提出货色二字，教人常想想自己是什么货色！

偏激者

世界上有一种人，就像蜡烛一样，总在怪笼罩太小，从不怪自己气焰太大。这种人看世界，玫瑰就只剩下刺，花香花色都看不见闻不着，如果你勉强他觉察了花香，他就怀疑附近有棺木，他老认为世界上除了墓园就是坟场！

这种人是悲观的居多，内心又充满着激情与敌意，看事物总是往坏的方面推想。有一次和一位朋友在一起，面对着满园盛开的南洋樱花，在香风春阳里，正摆荡着半紫半红的颜色，这位朋友忽然说：

"花也不会种，种这些颜色脏脏的！"

美景当前，千想万想，也想不到他会有这样的感观，花竟然有颜色脏脏的？沉静地想一想，脏的未必是花，说不定是观赏者自己的心眼，像有黄疸病的眼睛，看什么都带点黄的。

看事物老往坏的方面想的人，看人也如此，不需理由，就把别人想得很坏，使自己满足于一种迥出群表的傲然。所以有人说：你若想知道新朋友交得交不得，只要画一个芭蕾舞者给朋友看，舞者的一条腿画得美，一条腿画得丑且畸形，如果朋友对丑腿比美腿更注意，就得留心这个朋友；如果朋友只谈丑腿，根本不看美腿，那就该决定不再与他交往。据说这项试探，百试不差，因为有吹毛求疵的恶习者，专挑坏处看，只想用贬低的态度来表现自己的聪明才智，正反映出他内心的龌龊，古人说"舌为心之苗"，内心幽明的内蕴，舌头会将它演映无遗。

也许你会说：善于觑见缺失而直口批评的，也许是一种刚正的智慧。喜欢怪这怪那的人，也许他真有见地呢！这种情形当然不是绝无仅有，然而温厚的人，嘴角常挂着春风；刻薄的人，胸臆横生着荆棘。很少有说话尖酸而心地宽坦的人，也很少有信口批评的人真肯与别人做公平竞争的。清人魏象枢曾说："一味疾人之恶，小人之祸君子者，十有八九；终日扬人之善，君子之化小人者，十有二三。"专挑别人瑕疵隐私的，十之八九是小人在毁谤君子，这真是公平的论断。

　　所以人生的第一吃紧事，是学人家的长处，而不可以专门窥察别人的不是，一旦变成专门去要求别人的刻薄家伙，只晓得开口挑剔讥诮，成了习惯，那无论对待亲疏远近，乃至童仆鸡犬，也没一样不可憎不可恶了。终日偏激地认为别人都是贼，都该杀，其实该反省的，恐怕是自己的心田太浅了，你看水在深的时候，总是和平沉静，只有水浅的地方，才潺湲激越，心田与德行的深浅，不是和水的深浅一样吗？

求放心

近年以来，社会遭遇空前的剧变。套句电影词语，真是
"上帝也疯狂"。

首先是所谓"经济利益的重新分配"，财阀及利益团体
的垄断炒作，引来了土地房价的狂飙，股票市场的狂飙，少
数人获得惊人的暴利，也引发社会集体的赌风。股票早不是
成本获利的投资，而是赌博的下注，久赌，豪赌，令人心发
狂，最坏的影响是心理层面上，打破了"一分耕耘，一分收
获"的传统法则，谁肯再做长期耕耘的打算呢？

再则是所谓"多元化社会"，各种说法蜂起，无所谓对
错，许多谗人乘势兴风作浪，众口纷纭，是非不明，真是

"薰莸同器，泾渭合流"，从好处看是兼容并蓄，从坏处看是价值混淆，导致理想荣誉的失落与使命感的消失。

在这两种风气的夹击下，形成最大的恶果是：是非无准，努力无偿。许多按部就班、踏实工作的人，忽然失去了价值的凭依，储蓄因无形的剥夺而贬值，努力目标被各种邪说所否定，不犯法、不参赌的反而成了活该的受害者，怎不教人狂躁与厌倦？

就以我所从事的文学研究工作来说，乃是需要长期耕耘，而还需带点宗教狂热的使命感才行，面对今日的冲击，就有不少研究生在问："应该快速赚钱，还是仍孜孜埋首于学问呢？"身为师长的，也很难给他们一定的答案。

这时我想起孟子说的："学问之道无他，求其放心而已！"这句话到今天更有重大的意义了！在这"一切向钱看"及"诚伪不分"的时代里，心很容易被声色货利所纷驰；心也容易受"务外自欺"的包装诡辩的策略所误导，一旦驰情于货利与包装，眩惑于外界，就是"放心"呀！

必须先把"放心"求回来，稍一收敛，便觉得内在定静清明了些，心的无穷灵用，才能逐步发挥出来。而后一味笃实，向里用功，此心之外，别无外务，功夫专一，积久自然成就学问。不然看别人暴富，听谗言乱了是非，无意切实耕耘，只想取巧成功，心先驰骛飞扬，乱成一团，自制不得，自理不清，再加血气鼓噪，激情汹涌，自然狂躁万分，敌意日增，久了就厌倦一切，能不疯掉已经算幸运的，如此唯利是图，什么都没心做成，何况学问呢？

平生恨事

有些恨，非常微妙，简直与爱混淆不清。有人恨"西瓜多子"，结果无子西瓜发明了。有人恨兰花繁殖不易，结果细胞切片繁殖的技术也发明了。恨，有时也带点积极性。

读到陈继儒所纂《珍珠船》中，记述渊材平生所恨的五件事：

一恨鲥鱼多骨，

二恨金橘多酸，

三恨莼菜性冷，

四恨海棠无香，

五恨曾子固不能作诗。

这种恨，无关国仇家恨，无关人际男女纠缠的恩怨，事实上是对万事万物太多情，管到造物主那边，为天赋的憾事而愤愤不平了。

鲥鱼是天下美味，吃时偏恨多骨；金橘的黄色艳压众果，尝来偏恨多酸；莼羹鲈鱼脍，那滑腻的黏液，比名爵禄位更令人惬意，却又恨它性冷不宜多吃；海棠的艳色如妖姬，却偏恨无香味；这些恨，陪衬出最可恨的是：像曾巩这样文章练达的人，偏恨他不能作诗！"人无仙骨不能诗"，文章虽好，偏不能诗，依然是一包俗骨，奈何奈何！

我看五种恨里，句句是爱，是对世界更求圆满的一种贪恋，也是对缺陷世界的抗议与关注。凡有这种"恨"的人，大抵都是天赋特别的"情种"，才有这种幽逸的"恨"事！张潮在《幽梦影》里也列了他的"十恨"：

一恨书囊易蛀，二恨夏夜有蚊，三恨月台易漏，四恨菊叶多焦，五恨松多大蚁，六恨竹多落叶，七恨桂荷易谢，八恨薜萝藏虺，九恨架花生刺，十恨河豚多毒。

这些日常生活中的恨事，蕴含着普遍的人生哲理：书囊里希望立言不朽的著作，偏遭无情的蛀蠹；夏夜里星空如画，宜有约会，偏是蚊蚋肆虐的季节；想赏月的楼台，偏是多雨易漏；菊花傲于风霜，偏逢病虫作怂，翠叶多焦；高松清风，正宜在下打盹，偏是大蚁早占的地盘；雅竹最堪赏玩，偏多落叶；桂荷香气沁人，偏易凋谢；薜萝的墙真美，偏引来四脚蛇；蔷薇的花架真香，偏是干上多刺；河豚的鲜美冠于群鱼，偏又常常毒死人！凡是美的东西，不是短暂，就是含毒，再不然便早沦为蚊蚁蛇虺的天下，美中不足，付诸浩叹，这就是多情人生的不完美呀！

到了清人朱锡绶的《幽梦续影》，又添"三恨"：

一恨山僧多俗，二恨盛暑多蝇，三恨时文多套！

该是潇洒的出家人，偏比俗人还要俗气；盛暑天瓜果美味众多，偏是苍蝇也最多；而作文的人，不能自出灵思，偏多用老套的模式，教人真恨！真惋惜！惋惜之中也是强烈的爱哟！

世上的唯一

当你拿起电话筒，不知来自何方的声音，对方有万万千千个人物的可能，你却能一听熟悉的声音，分辨出对方是谁。尽管语音都由ㄅㄆㄇ、ㄢㄣㄤ等组成，但发自不同的唇齿，就没有雷同的声音，因此同样的一首歌，各有不同的唱腔音色，形成万千不同的歌者与版本，令人明白：谁的声音，都是世上的唯一。

你的血型属于A，却并不同于别人的A，血型虽分四种，据以论断性格是无聊的，科学家证明没两人完全相同。你的指纹也如此，指纹虽只有"箩""箕"的差别，但每个人都不完全一样，指纹能比相片更精确地区别人，这是宇宙的奥秘，安排每个人都是世上的唯一。

其实人的脸孔也是如此，在不到一尺见方的面孔间，同样是眼耳口鼻的组合，但吾人可从相似的五官中，立即分辨出对方是谁。据研究，人的脸部可以分成几百个不同组合的小单位，此同彼异，吾人能凭借眼光与记忆，一见对方，就在此异彼同的几百小单位代号中过滤，分秒之间，透过奇妙的解码法，立即从记忆阈中，调阅出他的姓名。亿万的人群，竟无完全相肖的一对，有时甚至能凭十年前的档案，加上十年来的消长变化，认出十年未见而且已老的朋友。但如果是画中的美人，即使画得再动人，掩上卷子就无法再记忆其容貌，与平生所见的丽人，梦寝间都能重现是不同的，因为活生生的人像活生生的声音笑语一般，简单之中极为繁复，人人是世上的唯一。

从这宇宙的奥妙中，给吾人一个重要的启示，那就是珍重自己的天赋特色，有人的五官组合得特别好，竟有沉鱼落雁、倾国倾城的，别人无从摹拟梦求，即使你整形化妆得像了西施，像了王嫱，也失掉了古人的真，并失掉了自身的真。眉目口鼻虽然位置都差不多，但造物在其中安排着各有毓秀扬芬的地方，各有朴实动人的特色，这特色的可贵处，就是与别人绝不雷同。

由面目的各具特色，可以想到心思巧妙的各具神采，同看一部电影，心头领略不一；同看一场歌舞，引发感观不一，如果发而为文章，就各有戛戛独造的见解，各有专擅其妙的匠心，而文章之所以妙，也就在"自开生面，各不相袭"，尽管同样是这几个文字，同样是这几种诗文派别，却能如同样的眉目口鼻，组合出倾国倾城之貌一样。所以写作者要人人珍惜心中独到的天机，才不辜负天赋给各自的真，假若摹拟别人，依傍派别，即使也能顺势雄视于一时，也始终是别人的影子，不须等待他人的攻击揭发，自我的真性已扼杀在先了。所以力争上游的写作者，要尽力发挥天赋的自我特色，从碌碌众生共用的文字里，组合出表现个人襟怀格调的作品，使性灵不朽，成为世上的唯一。

米店与药店

记得我在师大研究所上学时，熊公哲先生讲授群经大义、诸子流变等，从如此庞杂的学术体系中，归纳出一句话，熊先生把这句话讲了最多次，也让人印象最深的，就是"儒家是米店，诸子是药店"。

米店不能治病，但天天吃米，不至于生病。药店只能在生病时去买，不能天天吃药，多吃反而生病。这个比喻颇合现代医学观点。米可以维生，药绝不是长期维生用的，医学院的戴东原院长曾说过："所有的药都是毒药！"

儒家像吃饭，中庸平淡，融入日常生活而不厌，可以持久；诸子像吃药，纠偏矫枉，只有生病时偶一使用，只灵光于一时。所以"儒家是米店，诸子是药店"，将周秦诸家的特色与长短处，一语道破，可说言简意赅，比喻得很精妙。但罗宗涛学长对我说起，他发现这两句话是见于清人纪昀的《阅微草堂笔记》，由于出自笔记小说类的杂书，所以他没好意思向熊先生说明出处。

大凡一句精妙的智慧语，往往经过长时间的孕育，历经多位才人的锤炼敲定，像纪昀这句名言，也不全是他所发明，追索原始，实在是受了明人陈仁锡的启发，陈在《无梦园遗集》里有篇《诸子奇赏序》，早有"诸子是医药"的说法。

他认为"六经治未病，诸子治已病"，儒家六经是人在未病时维生保健常用的，诸子百家是世道有病时偶尔用。

他又认为"六经治百家之病，诸子治一时之病"，诸子可以治疗一时世风偏狂之病，而儒家六经才总治百家褊袒之病。

他更认为六经并不预设什么药方，病夫可以自取常用；而诸子则"药方太具，药力太猛"。儒家与诸子，在偏全纯驳上相差太大了，诸子多是救一时用的，"药含三分毒"，无病呻吟时若用诸子，就像没有医方乱抓药，那就太危险了。

　　详细来分，老子是"补药"，注重元气的培养，是医"怯"的名大夫；庄子是"泻药"，注重汰除秽气，恢复清凉，是医"内热"的名大夫；管子是"法药"，注重政事的绩效，实事求是，是医"俗"的名大夫；屈子是"雅药"，以离骚来填补诗亡乐佚的空缺，是医"憨"的名大夫；墨子没有药，也没有医术，只有探病的好心，是热心的下等医生；吕不韦的杂家，心术不正，想要窃国，是怀藏麻醉毒药的医生，下场悲惨；韩非的名法讲得真好，但他不用心推行名法，而以"说难"去求富贵，是贪心的医生，下场也惨。只有儒家，主张修辞立诚，雄浑博大，如果比作治病，是百科齐备的综合医院，更是生病前民生康乐的维护所。

　　这样细分是否允当，尚待商榷，但"诸子是药店"的想法，应该导源于此。可是纪昀在编《四库全书》时，对陈仁锡的著作却嗤之以鼻。陈仁锡，字明卿，号濯退居士，与陈继儒、袁宏道、袁中道、文翔凤、黄汝亨、屠隆、冯梦祯都是写小品文的才子，也都是生活美学家，但全部被纪昀以"文格卑冗""矜其小慧"所抹杀，《四库全书》不收他的著作，并评为格调不高，却又私下盗取他的见解，学术界的偏见与自私，真令人十分慨叹！

人生如戏

有人说，"人生如戏"，带点玩世的口吻；有人说，"戏就是人生"，却又挺严肃。我觉得在古代跑码头、走江湖的草台戏场上，常挂有一些对联，把戏剧与人生两者的关系，形容得很透彻。

记得一副乡间草台戏场上常写的联语：

数尺地五湖四海，
几更天万古千秋。

将五湖四海的庞大空间，压缩在数尺地的戏台中，将万古千秋的漫长时间，浓缩在几小时剧情里，以有限的舞台展现无限的人生，综合音乐、表情、身段、对白，将一段精彩的人生阅历，化作一部富有组织的艺术。

相传芜湖某剧场上，写得更妙：

凡事莫当前，做戏怎如看戏好？

为人须顾后，上台终有下台时！

上联就观众的角度说：做人不必凡事出马当先，争着做主角，有时保持一些冷眼旁观的角度，看别人演戏，比自己演戏更加进退从容，趣味十足。

下联就演员的角度说：为人懂得前盛后衰的必然性，谁是上台后不下台的呢？上台再风光，也有下台黯然的时刻，下台时让人怀念的多、咒骂的少，实在不容易。在人生的舞台上，我们有时是观众，有时也是演员，都被两句话概括在内了。"请看戏园场散后，几多幻相尚存无？"上台不久下台，登场不久散场，戏场与官场，不正是一样的幻象而已？

至于杭州某剧场有一副长联，将人生看得更透：

休羡他快意登场，也须夙世根基，才博得屠狗封侯，烂羊作尉；

姑借你寓言醒世，暂假一时袍笏，只不过草头富贵，花面逢迎。

快意登场的时分，屠狗辈居然也封了侯爵，烂羊头也做了尉官，但这种风云际会，也得靠夙世的因缘，是他们的造化，也是他们的造孽，不必太羡慕他们。

这一幕幕其实都是醒世的寓言，暂时假借不同的衣冠袍笏，把人生的无常做一番省示：富贵只是草头露水，一下就晒干了，逢迎拍马也只是表面花样，哪有内心的真诚？联语中说明在戏剧的娱乐性里，少不了劝世教人的警省处，戏剧原本不只是消遣的玩物，倒常常在指导着社会心理。

从戏剧里，人人可以体悟出人生的道理，体悟尽管不同，却一样有趣。我从中国古典戏剧中也悟出三点道理：

第一，戏剧中令人回肠荡气的地方，多半因为悲多于欢，离多于合，等到主角们欢喜会合的时候，必然就要曲终人散了。懂得这道理，在现实人生中，就该特别珍惜平平凡凡欢聚在一起的时光。

第二，戏剧里一开始，总是恶人作威作福的时间长、帮手多，"曹操奸诈多知己，关公义气有仇人"，人生原本是如此无奈，好人受尽迫害，到最后忠臣出头，善恶有报，所以有"开戏看奸臣，煞戏看忠臣"的谚语。懂得这道理，凡事总看得长远些，跳过眼前的现实，想想历史的定评，常能平舒一口气。

第三，有人认为既然人生如戏，何必太认真？这说法并不对，因为已经是戏，就不容许不认真，每一步都得合乎鼓板敲打去走，蓝面的要发怒，白面的要发笑，"台上一分钟，台下十年功"，一点马虎不得。全场的对白、唱腔、气氛，要让观众连咳嗽都不敢，才能将戏演好。这与人生舞台上的好演员一样，如果对于戏剧，"本本戏只晓得一出，出出戏只晓得一句"，那样的人生就太浮泛了。

凡事回头看

　　"八仙过海"里有一位仙人——张果，他喜欢倒跨着一匹驴子来骑，他的骑法特殊，据说是要警诫世人：凡事回头看！

　　今天科技要领先、经济要发展、新闻要研判，事事都求向前看，"有前瞻性"已经变成一句现代人的口头禅，带领着众人猛地向前冲，然而深厚的历史文化，总是步履缓重，老是教人向后看看汉朝唐朝，难怪这几年来，只顾科技经济的蓬勃发展时，文化却大大地失调了，为什么？大家只顾前瞻，忘了回头看看嘛！

　　一味向前看，必然易生妄想，回头看看，才会落实。有一位丈夫，得到了一个鸡蛋，就一路往前想：由蛋变鸡，由鸡生蛋，三年以后，繁殖的鸡就可以换牛了。再由牛生牛，十年后就家当千万，可以娶妾了！他的妻子一怒，把蛋砸破了！今天有少许剩钱，就去迷股票，迷六合彩，连正常的工作都懒得做，这和抱着一个蛋就狂想家财万贯的心理十分类似，只顾朝前想，没有不可能的，但如果肯回头看看，历史上能拥有一个鸡蛋的人何其多，谁能凭妄想而发迹，不劳而获呢？

一味向前看，总是贪心不足，回头看看，愤懑全消。有一位穷书生，在没有考试及第前，有人梦见他官至侍郎，他欢喜极了。后来果然及第，做梦的人，又来说从前的梦，他仍十分高兴；等到官职升调，果然到了侍郎时，那位述说梦境应验的朋友，又再提起梦兆时，这位穷书生竟怆然满脸忧色啦！好了都想将来会更好，贪得永无餍足，谁肯回想当初寒酸的岁月呢？

一味向前看，容易轻举妄动，回头看看，覆辙齐在。"初生之犊不畏虎"，为什么？因为他缺乏经验与历史，置身于危险而不自知。所以西方哲人西塞罗说："若不晓得自己诞生之前，世界发生了哪些重大事件，此人永远只是个孩子！"回头看看历史，有多少实例可以教导我们明了人生，包括人性通则的发现，胜过任何一本逻辑书。所以想以今日来揣测明日，以已知来决策未知，最好的办法，就是回头看历史文化，许多废弃的河堤，都代表着久远的洪水经验，将来总有一天又要来印证它的功能。

当然，凡事回头看看，也不是要人只回忆过去，更不是要用过去的哀愁，抱住年轻的希望。凡事多回头看看，是会让我们踏实、知足与充满智慧的！

换个角度想

　　人类一直追求四件东西：金钱、名声、权力、感情。现代人更期望用最短的时间，掠夺到最多，以为这便是幸福。何曾想到掠夺得越多越快，人就越变得冷漠无情。潜意识里不断鞭策自己，结果累积了太多的挫折与沮丧，内心便高涨着敌意。

　　许多心理学家在开处方，为现代人的沮丧与敌意寻找出口，或者建议你培养业余的艺术兴趣，古人就说过："怒气写竹、喜气写兰"，一肚子的怒火不妨向画里宣泄，把竹竿画成枪，竹叶画成剑，用美感的满足来冲淡敌意。或者建议你，苦闷空虚的时候，先整理你的桌子，办不好国家大事、公司要事，清理一房间脏乱总可以吧？古谚说"贫勤扫地，亦救得一半"，书桌整齐、居室清洁，也可以精神一振，总比自觉毫无出路的懒骨头要多一分气象。

而我再建议你，凡事换个角度想想，也可以振奋精神。如果你觉得自己像一个孤岛，四周同伴都是敌人坏蛋，那么也不必想疏离逃避，试想美玉就是要靠粗犷的石子来磨的，玉与玉又怎么能磨成器呢？这样一换角度，凡侵凌你的、责骂你的，转眼便都变成造就你的人了，你就有勇气去对沮丧作战。

当你觉得活在世界上，没有人关心你私人的问题，处处都是被剥夺，十分孤独无助，那么换个角度想想：窗槛上那盆花草，已经听熟了你的脚步声音，正为你回家来而喜悦着，夜窗独坐，何须顾影凄凉？窗上一弯眉月是你闺中密友，窗下几声虫啾是你诉愁的朋友，甚至寒风飕飕，助你悲啸，也是一位豪情的朋友，桌上的那本书，不正等着和你娓娓清谈吗？天清地旷，良友还多得是！

如果你老觉得不如大企业家那么有钱，就想想星相泰斗韩君平的故事：韩君平每天看相只收一百元钱，满了就垂下帘子，不再卖卜。有一次富翁送他许多车马衣粮，君平却笑笑说："我是太多的人，你是不够的人，怎么反而是'不够的'送'太多的'礼物呢？"富翁望着他寒碜的居室迷惑不解，君平又对他说："你虽有万金，但是昼夜汲汲营营，从不觉得够过，而我还有不少零钱滚在地上，灰尘快积到一寸厚了，你看，谁够谁不够？"韩君平换个角度看，金钱的够与不够，不在数字的多寡，全在内心的知足与不知足。

如果你老觉得权位名声不够大，那么做了秦国丞相的李斯，执着削平六国的权柄，成为臣子中的第一人，威名扬于四海，名位够大了吧？但李斯的老师荀子听到他拜相的消息，竟然好几天食不下咽，荀子一定是换了个角度去想，不然世俗的喜庆，为什么他却预知是悲剧呢？因为换了角度来看：赫赫的权势，常有戚戚的祸患；炎炎的盛名，能无忡忡的忧虑？所以每个人只须把分内的事做到最好，能力强的就做大事，不一定要做大官的，荀子的著书讲学，不是比李斯做大官更有趣味吗？

一日不出门

今天青少年们共同的一句话："在家里待，无聊得要发疯！"其实中老年人又何尝不如此？不是朋友来家里"杀时间"，就是出门找人家"寻乐子"，我有许多台北的朋友，学文学的，照道理应该常在书桌前看书写作才对，但下班后一打电话，几乎个个不在家，应酬聚会寻开心，许多朋友已经在书桌前坐二十分钟的耐心都没有啦！

所以当我读到明代张萱在《西园存稿》里写的三句话，不能不讽诵再三，他说：

一日不读书，便觉面目可憎，语言无味。

一日不见客，便觉胸怀开涤，日月清朗。

一日不出门，便觉清虚自来，滓秽自去！

第一句说不读书，面上俗尘堆积，语言无味，这是宋人说过的。面孔也像池潭一样，天天要有活水注入，才有活泼泼碧澄澄的清华妙境。"但觉眼前皆妙境，哪知来处有源头"，一不读书，源头断绝，死水生腐，当然气味可憎了！

第二句说一日不见客，胸怀就会敞开涤净，日月也为之清明高朗。大概是指是非不经门前过，荣辱不扰心上来，所以心境安泰，如果见到心怀不平的人，餐食安眠都受他影响；听到不公不平的事，徒然使胸臆间波澜横生。因此见客论事，那种"强颜应接暂时亲"的滋味，的确是役身涉世中的苦事，所谓"不听不接，自登彼岸"，所以不见客未尝不是好策略。

第三句说一日不出门去，心境中便增一分清虚亮丽的美感，觉得渣滓污秽也减去了一分。这句话，值得现代人深思，出门乱逛，都在做"无事忙"的没头苍蝇，这些遑遑来去的影子最俗气。进德修业，第一步功夫就是要耐得住寂寞无聊，古人说过："便觉心无着落时，正是生意处！"寂寞无聊才是创造的泉源，也是人生创发机运的唯一良缘，谁是在酒酣耳热后读书写作的呢？谁是在人声喧哗里昂然奋起，来规划自己前景的呢？要建设一个雅致的社会，革除又脏又乱又挤又闹的现代弊病，也必得从"一日不出门"做起。只有在寂寞无聊时，你才会想起读读书吧？才会有"三省吾身"的机会吧？才会有欣赏艺术、欣赏生活美感的宁静世界吧？

西哲布莱士·帕斯卡也曾说："人生大部分的罪恶，都是起于不能安静地待在家里！"对呀，枪击卡拉OK，火烧MTV，都在热闹的地方，所以无论你从人生的"好处"看，从社会的"坏处"看，"一日不出门"可真是处世的良方呢！

扑满哲学

比较各种不同造形的扑满，只有猪形的扑满最为生动。狗年以狼狗造形的扑满，由于狼狗跳踉猛噬的性格，和存钱储蓄的情调很难一致，所以狗扑满看来总是怪怪的，而猪则有它贪婪痴肥的特性，使这种精神特征与器物内涵相统一，就特别显现出造形的趣味。

扑满是中国人发明的，虽然在出土的周秦古物中，还不曾见过扑满，但根据古籍记载，汉代已有了扑满，当时以黏土制成罐形，罐背有一个窍，只能进，不能出，储满以后就必须将它敲破，才能把钱取出。土是粗贱的质料，钱是贵重的财货，暗示许多粗家伙只知积钱聚敛，就像"土器"自以为可以吞"金"一样，哪晓得金钱被积满的一日，也就是自己被砸破的一天！想到那么多钱，谁会去怜惜那个土罐？中国人就在这件小小的杂物中，寓下了深长的哲思。

相传是在汉武帝元光五年，一位受全国推崇的人物公孙弘，为朝廷所重用，当时邹长倩就送给他一个扑满，要他警诫"入而不出，积而不散"的危险。其实邹长倩所提出的"扑满哲学"，不止是提醒公孙弘一人，而是要提醒每一个人：当我们只知道"进"而不知道"退"；只知道"积聚"而不知道"散施"；只知道"不足"而不知道"知足"，那么这幕击破扑满的悲剧，迟早会上演的！元代的诗人艾性夫曾有扑满诗道："区区小器安足怜，黄金塞坞脐亦燃！"像董卓一样，造了个万岁坞，藏了几万斤黄金，结果肚脐上的脂肪已被人杀死后当作油灯去点火啦！这诗讥笑那扑满小器，也嘲讽了多少贪婪的人！

当然，在今天，大家都以为扑满是教我们懂得储蓄，积少成多；其实扑满的意义，更要紧的是教人懂得散施，而不是聚敛！贫穷的时候，扑满或许可以解释成收集零钱，积沙成塔；富裕的时候，扑满却教人不必富益求富。范蠡改名为陶朱公以后，三番累积钱财成为千金富翁，这不稀奇，稀奇的是他肯三次把千金都散施到有意义的地方去！散钱有时比存钱更难呀！今天台湾几乎很少有贫穷的问题，倒是有钱人怎样处理他的财富，才是一个问题。股票界的大亨，炒地皮的能手，愈做心愈热，有了十幢房屋的寓公，还在想并吞邻家的房子！那些倒会、恶性倒闭、转移财产到外国去的人，其实早都是富翁，却受尽了心计的煎熬，那么就请买个猪扑满作为摆饰，猪肥了要杀，扑满储足了就要砸碎，愈是拼命苦恋那财富，愈会提早砸破你那土罐。记取祖先的扑满哲学，懂得"散施"比"聚敛"更重要，散些钱到有意义的地方去，这样整个教育文化与社会福利都会有福气了！

辑三

成功的秘诀

　　我喜欢临一本字帖，相传为褚遂良写的《阴符经》，这本被后人称誉为"神光烛天，精彩夺目"的字帖，书法极其神妙，看起来瘦削其实极腴满，看起来柔弱其实极遒劲，在这本《阴符经》里有四句话，正指出了千古不变的成功秘诀。

　　在人人留心追求成功的今天，这四句含意深隐而又极古老的话，很少人提出来，供给有志青年们深思，每当我欣赏这本字帖，我总爱反复咀嚼这四句隐藏在书法字帖中的话：

　　绝利一源，用师十倍。

三返昼夜，用师万倍。

这四句话简单的解释是："专心一致于单一的源头，就涌生出十倍的威力；再坚持三天三夜，用心不分，就涌生出万倍的威力。"一切成功的秘诀就在这里面。

专心一致古人叫作"绝利"，语意中也很玄妙，因为你想专心做成某一件事，想有所获得，必先有所放弃，肯弃绝一切其他有利的享乐，才能把绝对的利益集中到衷心期待的这件事上来。譬如，你想在文学艺术上有所成就，你不放弃世俗的热闹酬应，如何能汇聚你的生命力创造力？你想在科学或哲理上有所成就，不专心到弄混白天夜晚、不专心到忘记吃过饭没有，如何能成为一流的发明家修道者？

《阴符经》中举出"瞽者善听，聋者善视"为例，放弃眼睛收视之利，耳朵的听觉才特别灵敏，所以古代的伟大乐师以瞎子最为杰出。放弃了耳朵的听闻之利，眼睛的视觉才特别警醒，所以聋子最能辨识对方口辅间微弱的表意动作。人生的成功也一样，必须放弃许多声色犬马的嗜好，放弃名位财货的竞逐，才能让独特的灵慧凸显出来。

天赋每个人的智慧才具并不十分悬殊，但一经专心发挥你的潜能，某一点的威力便增强十倍，再经"三返昼夜"的持续，"三返昼夜"只是个譬喻，并不限于三天三夜，可以是三十天，三千天，专一不二地集中发挥潜能，某一点的威力便增强一万倍，拔尖出群，自然成为专擅一方的成功者了。

失败的人大抵是"回头转脑"型的，"三心两意"型的，若能像放大镜集中光线，凝聚焦点，淡淡的阳光可以汇成火焰；若能将光束亿万倍地集中，还能变成激光刀呢！所以《阴符经》的四句话，前两句教人集中心力，后两句教人坚持不放，成功的秘诀就是如此简单。

《阴符经》相传是黄帝所作，当然无法证明真有如此早，但有人以为《阴符经》是褚遂良殁后才出现的，那也疑古得过分，不可能如此晚。近年大陆从汉墓中找到不少"黄帝"的书，大抵是战国后期人托名之作，《阴符经》的作者虽不能确定是谁，字帖是否真出褚手也尚待论定，但这四句话乃是千古不变的"成功秘诀"。

一切靠自己

有人将人生比作一局撞球，无端斜里飞来一球，打得你我他各在球盘中连环乱撞；有人将人生比作一场偶戏，暗地里有千百根牵着每个木偶的线，木偶本身一点力气也使不上。这样的比喻，好像人生全属命运的作弄，未免太悲观了。

依我看，世间万事，如果像艘万吨的大船，东向西向，操纵在数尺的船舵上，这船舵就是我们自己。人的一生，为祸为福，也操纵在自己的灵犀之中。古谚说："福至心灵，祸来神昧"，这两句话该反过来讲：心灵了福就至，神昧了祸就来。凡事的权柄在自己，自己懂得保养，上天就给你寿夭，寿夭在己不在天；自己懂得勤俭，命运就给你贫富，贫富在己不在命；自己懂得努力，鬼神就给你泰否，泰否在己不在鬼神。自己自信，别人才给你信任；自己自爱，别人才给你爱心，一切都靠你自己才对。

没有自信的人，首先就是哀求鬼神的庇佑，内心有了疑难，只想四处求卦问神，其实真正的鬼神，就坐在你自家心里，管子说过："思之思之，又重思之，思之不已，鬼神将告之。"哪里真有鬼神告诉你什么，而是你自己用心穷理，精气专一，把问题解了开来。

我记得元朝不鲁罕皇后的独子死了，就埋怨皈依的上师道："我师事上师这样虔诚，为什么仅有的一个儿子也庇佑不了？"上师回答得妙："佛法就像灯笼，外界的风雨来时，或许可以遮蔽一阵，但如果蜡烛自己烧光了，灯笼又奈何它呢？"上师点出自己最是重要的关键，倒不失为一个真理，有的蜡烛在嫌自己一头燃烧太慢，激情地希望两头一起烧，谁又能庇佑它长久呢？

没有自信的人，总想追求外在的品牌，来装饰自己、增美自己。凡是在名片上印了十几种头衔的，不穿名牌衣服觉得不能显扬身份的，不拉点洋关系，不数数显赫权贵的名字就不能张扬社会地位的，这些期待外在的符号来肯定自己，期待外烁的威仪来显扬身价，都是内心自卑的人。一个真有才学的处士，可以做到"不避贱业"，内心的"自贵"才最重要。有诗道："要识美人颜色好，乱头粗服亦相宜""岂知名士生来韵，野服山装亦可人"，内心能"自贵"，就不必依仗外在的浮饰。

没有自信的人，总想依赖别人，东送礼物求人提拔，西拉关系求人照顾，其实自己真有才华，像太阳的真光照耀，别人如何能遮掩忌刻得了？自己真有病根，也只有自己立愿把它医好，别人无法帮你长生的。所以自己的缺点自己改正，自己的命运自己创造，古谚说："乞火不如取燧，寄汲不如凿井"，向别人求火，不如自己会打火取燧；向别人求水，不如自己去凿井引泉，求己胜于仰人，一切靠自己！

物因人而重

　　如是的因缘，圣严法师邀我去参观金山乡的法鼓山道场预定地，他与我都手执藜杖，脚穿防蛇的长靴，踏上草深及腰的荒山。虽然依着建设蓝图，荒山上竖着某殿某馆的牌子，毕竟草莱未辟，放眼望去，苍苍茫茫，层岚拱抱，圣严说："这法鼓山等我来开辟，已等了亿万年！"

　　真的，地要巧遇这个人，人要出名这块地，两者都要有所等待。江山胜景，从天地开辟以来，闲置在荒郊亿万年，必待杰出的智慧之士：或高僧、或文豪、或英雄，方能使这块地大大有名于世。我想起了"江山有景待人胜"的诗句，许多荒江寂寞的小地方，所以能声名远播，往往是由于它是某个伟人的家乡，或是某个伟人曾在这儿落脚，让后人津津乐道，地灵往往是要期待人杰的。

其实何啻"山水"需要千古风流人物来妆点，寻常的一物一器也莫不如此：《诗经》里的那棵甘棠树，特别见称于千秋万世，是因为召伯所手植的关系。日月潭塔庙的那块头顶骨，战后由日本郑重地送归，是因为原本长在玄奘头上的。台北故宫博物院收藏的名砚台，有的不是雕刻特别精巧，焦山江天寺里的玉带，也不见得是稀世的美玉，都是因为苏东坡用过的，才特别出名。西湖博物馆里展示让人瞻仰的裤子，绝不是裤子质料好，而是被枪击的抗日英雄谢团长殉国时所穿的！所以物的本身未必能自重于世，凡物所以能取重于世，见称于时，往往是因人而重的。

这种"千秋世上名，重人乃重器"的道理，也不限于实地实物，推广来说，即使文章的传世，传或不传，不在名位，而在人的精神。人的精神能隽永百年，文就传百年；人的精神能历劫不磨，诗文也是精气盘结，不可磨灭。像陶渊明的官位不高，杜甫、李商隐也不是显达之辈，但由于发愤极深，内心所立极诚，根柢有托，足令文气盛昌，气盛意诚，诗文足以震动兴起，照映千古！可见"文"也往往因人而重，与什么职位的关系不大，即就这一点来说，也足够让焦躁的才人们舒一口气了！

　　文章如此，官位也是如此，犹太有句谚语说："没有一种办公室能使人高贵，却有不少人能使办公室高贵！"意思是说：没有一种尊贵的官位能使人高贵，而有人却能使卑下的职位高贵起来。我想起宋代的程子有一句话："官无尊卑，视人立志何若耳！"也正是这个意思，程子说得对，即使一个小小的职位，本着他的才学志气，能够留心为民服务，一定有成果贡献出来，那么这卑微的官位会放出极尊贵的光辉！相反的，即使处在高高的职位上，只知巴结更大的权势，粉饰太平，一无高尚的目标，而只在担心失去权力的恐惧中，坐使权力腐化，那么居于再高的官位也不过是自我作贱罢了！

　　明代的洪文衡说得好："人苟欲自贵，何官不贵人？人苟欲自贱，何官不贱人？"官位的高下不能荣辱人，官位的尊卑贵贱，不在阶位的高低，而在任职者道义的高低呀！若令君子居之，真是"何陋之有？"阶位有卑贱而道义是没有卑贱的，"官无尊卑"，尊卑乃在于人的"自贵"还是"自贱"，这句话，足令小公务员为之气壮！

　　如此说来，人要自重，从"开山立祖"到"为民服务"，从"江山名胜"到"朽骨弊裤"，原来一切都是因人而重的，省悟了这一点，只管立志力行，不必再愤愤不平了！

命相不可信

新春期间，在祈福之余，往往会盛行算命看相批流年，古语说："穷算命，富烧香。"今天由于投机风险大，贫富变化快，富人也不只安于烧香，同样频频地在算命，各种纳福迎财的花样，什么养红龙鱼啦，丢橘子皮啦，竟比古代更迷信。

命相只能算是一种面貌的归纳、病气的征兆或触机的巧合，实在不必深信。我的好友成功大学叶政欣教授，当他父亲去世时，在抽屉中发现他父亲年轻时给算命先生批的命书，在六十七岁上预先打了一个叉，表示这年有关栅，过不了，结果真的应验了，可说算得挺准的。像这类事，可能是生命意志力受暗示作用而溃散，平日隐积的五劳七伤，至此因免疫力的减弱而爆发，命相先生的话在潜意识里对健康产生了巨大的影响。可见你愈敬畏命相，命相可能会愈准，你若不信也就不准了。

　　我在袁枚的《小仓山房诗文集》里，读到相士胡文柄会替袁枚算命，说他的寿元是七十六岁，所以袁枚在七十二岁就预造生圹，到了七十六岁，还写下"临别从头理一番"的诗句，从容地编定诗稿，交代后事，结果七十六岁安然度过。由于他从容静待生命的消失，心理准备好"一笑凌云便返真"的达观态度，一无恐惧，难怪相士算的命不准了。

　　在日常生活或历史中，我们可以听到许多命相灵验的故事，其实不灵验的更多，不灵验就没有传述的价值。例如，魏代时朱建平替王肃算命，说他至少可活七十岁，结果只活了六十二岁；又如《南史》中的庚复，颐颊开张，相貌堂堂，相面者都说他会封为方伯，结果却饿死！当时水军都督褚萝，脸长得尖而薄，鼻口间又有"纵理纹"入嘴角，按照相书是要饿死的，结果富贵终身。而文豪徐陵，是早慧的才子，慧云法师常叹息徐陵会福薄早死，结果做到太子少傅，活到七十七岁，居然福寿双全。又如唐朝的柳浑，在十几岁时，相面先生说他"夭且贱"，必须出家做和尚，才能免除夭死，柳浑根本不信，结果还做了宰相呢！可见听了相面先生的指点而疑神疑鬼，担惊受怕，先自乱了阵脚，才是傻瓜！

西哲说过："迷信是意志薄弱者的宗教。"在这神话系统日趋衰微、宗教力量益形没落的今天，人民的信仰无处寄托，才是迷信日盛的原因。请相信自己吧，自己才是命运的真正主人！你只要勤奋、坚毅、正派、谨慎，临事精神足、意气旺、器量大、心地厚，不富贵也寿考，有愈多良好的习性，必能开创出愈良好的命运。

消除无力感

　　一位言辞犀利、见解深入的教师，在讲台上批评社会问题、关心国家时政，讲到动人心弦处，学生正全神贯注地期望这位教师提出实践方案来时，只听到台上的人接着说："可惜我人微言轻，年纪也不小，只有寄望在座的各位啦！"

　　教师果真是人微言轻吗？那么一位计程车司机就更不用提了。事实上几乎许多司机先生都很健谈，尤其是谈到交通混乱问题，个个头头是道，然而一讲到改革之道、责任问题，就不约而同地摊开双手说："我一个人守法有什么用？"

一位负责治安的警察先生不是也这样说："钞票的长相都是一样的，你掉了钞票，报案有什么用？"这位警察先生说了实话，惹来许多责难，其实这种从心底流露出来的无力感，促使他很自然地说溜了嘴。

市井小民、基层干部，喜欢两手一摊，做无可奈何的苦笑，倒也轻松，然而不少中层人士，乃至高层的部会长官，也有"难啊难啊"地哼的，大家纳闷一阵，也只好承认因循退缩的现实，使得一种不知从何治起的流行病——无力感，广为盛行，事事推给社会风气，让社会风气的压力，像江河日下，不知道究竟谁才是力挽狂澜的大力士？

这让人想起《大智度论》中的一个故事：当野火燃烧森林时，有一只野雉，将双翼濡湿，洒水救火，依凭一己的勤劳，出水入水，往返疲乏，却不以为苦。这时天帝问它："你要做什么？"野雉回答说："这林荫是我生长居住的地方，我的同类以及宗亲，都要依仗这儿的清凉快乐，现在我还有力气，怎能不救？"天帝又问它："你这种精勤的念头想维持到什么时候？"野雉高声地回答："到死为止！"这份诚心终于感动天神，熄了这场大火。

这只救火的野雉比移山的愚公还要坚强刚烈，且不必计量天神的力量如何，单看野雉那份心意已教人肃然起敬。自己的国家、自己呼吸与共的社会，每个人都有挺身出来的责任，贡献力量，促使它更美更好。"社会风气"四字其实并不抽象，就导源于你我的心曲，一个人的力量即使做不到挽狂澜之水、救燎原之火，但做好分内的工作总可以吧？教师从多进修自身、少体罚学生做起；司机先生从不闯红灯、不开飞车做起；警察先生从多多主动侦察、尽责护民做起；中高阶层人士，多向铁肩钢头的部会首长看齐，他们正以铁腕抓贿选金牛、全面禁止电动赌博玩具、不畏报复拒绝日货单向泛滥，一出手都是雷霆万钧，你我又何必遇事就表示自己无力，只去怨望别人呢？

在错误中学习

现代西方教育上有"尝试错误"的理论，认为学习就是要不怕错误去尝试，才有机会成功，于是有"自古成功在尝试"的说法。其实五百年前的明朝人沈君烈，早有"误亦为学地"的见解，提出"终日学终日误，终日误终日学"的口号，一生的学问，就靠在错误的地方得力。

楚汉相争时，项羽的失败，乃在于自己没发现错误，每次有所主张，左右总是连声称"善"，钦佩拜伏，所以到死都认为是"天之亡我，非战之罪"，平时在百战百胜中愈来愈自负，大难临头了，还在高唱"力拔山兮气盖世"，自己很难从自负的巅峰走下来，放不下身段，结果无颜委屈地回江东去，只有死路一条。

反观刘邦的成功，全是在错误处注意学习，有人当面指责他不应该一面洗脚一面和长者说话；有人暗暗踩他一脚，告诉他不该在韩信求封齐王的使者面前发脾气；当他迷恋于各国佳丽时有人教他赶快迁都回关中去……他都在错误中立刻幡然改途，每次都在错误中学得最多，所以沈君烈说刘邦虽不读书，一生学问全在错误中得力。

由此也可以想起《潜虚》上的一句名言："项羽日胜而亡，高祖日败而王。"日胜反而灭亡，就是缺少学习改进的机会，自始至终只有一套僵硬的战略。日败反而称王，就是失败之中，有许多可资学习策励的地方。

"在错误中学习"当然不限于政治人物，古语早有"学书纸费，学医人费"的说法，指出从事艺文工作、科学工作，也无不如此。一个成名的书法家，送你一幅字，在背后他不知撕毁了多少张，才成就这一张。更不要去细数他当年在学习过程中墨池皆黑、废纸成堆的境况了。一个医术专精的大夫，必然解剖得多、观察得多，也累积了许多误诊的经验，传承了好几代药方灵验的智慧。不费纸学不好字，不费人也学不好医术。所有的"巧术"都从"笨功夫"来的，古谚说："巧者不过习者之门。"任何巧妙的境地，只要不怕反复地错误练习，便能达到。古谚又说："习伏众神。"不断从错误中学习，便能征服一切神巧。

有志的人，不但不应为错误失败而气馁，应该拜失败为师，在错误中学会一切成功的方策，有一句诗说："逐日淘沙定有金。"成功的金砖就是从淘洗错误的沙砾中诞生的。

凡事要及时

相传明代的徐文长曾作过一副奇特的对联，上联是：好读书不好读书，下联也是：好读书不好读书。谁见过上联下联居然一模一样的对仗法？一字不差，但是上下联的"好"字，读音有些变化，上联是好（hǎo）读书时不好（hào）读书，是说当方便读书时偏偏不喜好读书，耳目聪敏，体力强盛，却偏爱游荡嬉戏，用心不专，徒令岁月虚掷，是为那些少年们错失光阴而可惜。

下联是：好（hào）读书时却不好（hǎo）读书了，是说当爱好读书时，偏偏又不方便读书啦。等到耳目耗弱，精神不继，却偏能领会"天下第一等好事还是读书"，可是已经有心无力，徒然望洋兴叹，是为那些老大者日月逝矣而伤悲！

这副对联给人启发的妙处，是可以将"读书"二字，代入许多其他的字眼，尽管上下联面目相同，而含义则层层翻新，如代入"结婚"二字：

好结婚不好结婚
好结婚不好结婚

人生的际遇，事事都需要及时。曾有一位长相标致的名女人感叹地说过："当我以前还没想结婚的时候，在我身边打转追求的人蛮多的，当我现在想结婚的时候，身边打转的人，一个都不见了！"正是替这上下联做了最好的脚注。容易结婚时不喜欢结，喜欢结婚时却不容易结成了。

如果代入"存钱"二字，也别有意趣：

好存钱不好存钱
好存钱不好存钱

钱本来如流水，左手进，右手出，但谁懂得存钱，入多出少，日久自然致富。曾有一位出手海派的朋友，晚境潦倒，有一天觉悟地说："我向来相信钱用掉了就会再来，再来就再用掉，没想到人临晚年，钱一用掉，竟不来了！"话虽粗浅，倒也替上下联做了好脚注，容易赚钱时不喜好存钱，等希望存钱时已经不容易赚钱了！

其实何啻读书立业、成家存钱要及时，即使休闲享乐也各宜及时，因此若将"游山""吃喝"等字样代入，同样发人警醒：

好游山不好游山
好游山不好游山

腰脚齐健的青壮时代，具备游山的良好条件，却忙于应酬兼差，不喜好游山，等到发现山中的闲静寓有真乐，世外的烟霞何等曼妙，喜好游山玩水时，惊觉两膝发软，步履沉重，上山防仆，下山防跌，龙钟老态，已经不便游山啦！

好吃喝不好吃喝
好吃喝不好吃喝

西方人也有类似的说法：当你能咬牛排时，没钱吃牛排；当你有钱吃牛排时，已经咬不动牛排。唉，人偏在齿牙动摇、消化不良、痛风常发、胆固醇过高、血管易阻塞时，口袋里才存满了吃不完牛排的钱！所以当容易吃喝时却不方便吃喝；等到爱好吃喝时，已经难以吃喝了！西方的话语以命运无奈为主，而徐文长式的联语却以年华可惜为主，旨意略有不同，但鼓励凡事要及时，是一致的。

卓然自立

一位朋友说："从事文学工作的人，无论研究或创作，到了四十五十的年纪，就自己知道'有'或'没有'了。"他说的"有"或"没有"，是指能否成为大作家、大学者的名声与成就而言，和孔子所说"四十五十而无闻焉"的悲哀相类似。

其实年龄不该是"有"或"没有"的真正关键，许多人很努力，四十五十并不曾放弃，拼命在写与发表，然而水平始终拉不上来，名声依然出不来，这时候，抱怨自己不善用传播媒体打知名度者有之，责骂别人善于钻营结党者有之，痛咒文凭学位偏锋邪门者有之，这些怨恨"黄钟毁弃，瓦釜雷鸣"的自卫想法，只能把别人假想为"瓦釜"，却未必能把自己真变成"黄钟"，若肯捐弃偏见，负责地自省一下，便会发现"有"或"没有"，关键在于能不能做到"卓然自立"这四个字。

试举李商隐的诗为例，所以能从晚唐千百诗人中，凸显出来，就是靠"卓然自立"，每首诗是他自己的身份见地，有他独具的风格面貌，大家都说他是"杜诗的苗裔"，毕竟有与杜甫不同的特色，更有杜甫不及的地方，这种"锐意新创"便是"自立"，他又博学强记，文思瑰丽，这种"沉博绝丽"的评价便是"卓然"，有了卓然自立的优秀条件，方能在文学界自树一帜，蔚为大国。

试看唐代诗人传世的有两千多位，而为大众所知名的，不过十几位：李杜王孟、高岑元白、李贺、韩愈、温庭筠、李商隐……这些甲级巨星，都各自有其面貌，各擅胜场，有人拿来比作名花异卉：杜甫像春兰，幽芳独秀；王维像秋菊，冷艳独高；韩愈像巨莲，纷红骇绿；李贺则像彩蕈，哀艳荒怪……

又有人拿山川景物来比，王孟像平远的山川，温李像金碧的楼台，元白是平顺的衢路，李白是奇境别开，杜甫是中峰独峙，韩愈则像高山乔岳……都说明他们有难以取代的丰神，才能照耀古今。而像钱起、张籍、韩翃等，诗也作得又多又好，只可惜个人的面貌模糊了些，能做到"卓然"，但在"自立"方面不如前列诗人的风格鲜明，知名度不如前者，关键应该就在这里！

卓然自立既是从事文学工作者的"四字真言"，那么就可以判断：有人演讲写作，尽管是句句警策、字字珠玑，但仔细一分辨，几乎是名言的集锦，每句都是别人的妙语，作者靠搜集、剪贴、借气、模仿而来，外貌表现得"卓然"，却并不能"自立"。又若有人专研汉赋六朝文，钻到一个专擅的角落中，与众不同，但缺乏新材料、新方法、新诠释，虽获得一些"偏誉"，却无法自成"大家"，那便是想求"自立"，却不能"卓然"。古人说："有以自立，百世不死。"写作与研究的道理是一样的，要自立，先求有创意，为自己开创新的局面，发挥个性，成为别人所不能取代的声音，然后不断成长，往卓然宏伟的标竿前进，成功就等着你了。

勤加上痴

每逢新年，总得检视过去，策励未来。

去年的一年，对我个人来说，真是大丰收，发表的文章在一百篇以上。我在"华副"写"海角读书"专栏，又在"中副"写"爱庐小品"专栏，"新生副刊"也邀我写，再开了个"诗香谷"专栏，三个专栏几乎每周都有文章，偶尔还在"联合副刊""故宫文物"上露露面。这一年里，仿佛一提笔，文思就汩汩而来，真像掘地及泉，汲舀无穷，我的一位学生既歆羡，又迷惑，问我道："老师您从哪里找到了百宝箱？里面好像藏着取用不尽的宝贝。"

如果我仰仗的是一只捡获的百宝箱，那便是心灵的暴发户，就像古人曾梦到异人传授给生花彩笔，梦醒便突然文思勃发，换了个人，那也是心灵的暴发户。依我的经验，文思的根源，不在技巧，不在材料，而在作者自己心灵超升后所呈现的灵视。百宝箱会挥霍净尽，异人彩笔会索讨回去，这些心灵之外的东西靠不住，很快会江郎才尽，只有自己的性灵廓彻，备有万妙，才是汲援无穷的源泉！

那我是否已达到性灵廓彻、心灵超升了呢？不敢这样说的。但我有一天读杜甫那首为画马名家曹霸写的丹青引："意匠惨淡经营中，斯须九重真龙出，一洗万古凡马空！"才恍然大悟！要使"九重真龙出"，能够"一洗万古凡马空"，唯一的方法，就是从"惨淡经营"中来的。杜甫领悟曹霸画马的神技，是从"惨淡经营"中来，杜甫所以有这样的认知，当然他自己写诗时，也是从这甘苦中锻炼来的，杜甫与曹霸，并不能幸运地寻获百宝箱，而都是承受了别人所不堪的折磨，抛下了别人所贪恋的财势，傻傻地从事"惨淡经营"的艺事。

"惨"是酷毒，是"层层加级"的形容词，惨淡就是：淡之中最淡最淡的意思。惨淡二字的出典，应该是《春秋繁露》的"七十二日金用事，其气惨淡而白"，那么"惨淡经营"是说专心经营，尽摒他虑，使得心像秋天一般惨淡而白，虚静的心，一无旁骛，凝精结神，才能廓彻超升。

惨淡经营既然是"专一无他"的精神境界，所以画马的人，痴到马出现在床榻间；学书法的人，痴到山中池石尽黑；学弈棋的人，痴到屏帐垣牗，都森然有黑白的形势；学参禅的人，痴到行不知行，坐不知坐，随时提着一颗心在追问："惺惺吗？惺惺吗？"使开眼闭眼都观照着一幅本真佛像！一切艺事学道，谁不是仗着"情极志专"，而能"功深力到"的呢？换句浅显的话来说，就是"痴"加上"勤"，"勤"加上"痴"吧！

新的一年，我仍要割舍一切财势的诱惑，只晓得"勤"加上"痴"，惨淡经营，这便是我的百宝箱。

再谈勤

春又到了，美好的新年，新的一日，新的清晨，谁都会想起"一日之计在于晨，一年之计在于春，一生之计在于勤"，想起这句历久弥新的千年古话。

勤是中国人的美德，要看一个家庭兴衰的气象，就只要看早晨有没有赖床不起的，晚上是不是打牌杀时间的，未来几十年家庭景况的开发或消沉，就从这里可以预知一大半了。

前人说勤有三大益处，到今天仍有参考价值的。勤的第一个益处是"勤则不匮"，努力耕田，就不会受饥；努力蚕织，就不会受冻。勤者就可以自立而不匮乏，不必低首求人。在农业社会里，"勤"是民生的原动力，到今天工业化以后，尽管物质方面取得十分容易，不需要夜以继日的辛苦勤劳，但是要提升生活品质、创造更美好的环境，乃至追求精神方面的充实富足，仍然要仰仗"勤"作为社会的根基。

勤的第二个益处是"避患向义"，农业社会里，农夫白天竭力耕作，夜晚睡得香甜，所以淫邪之心较少，抢劫掳杀事件极少。古人说："瘠土之民，莫不向义。"主要是勤劳的心比较单纯，没有侥幸贪图的邪念，容易生质朴的正义感。陶渊明也说："四体诚乃疲，庶无异患干。"四肢疲劳，闭门休息，就不会有特异的祸患干犯上门来！到今天大家富有而闲暇，反而睡不着觉，心里全是侥幸贪念，"饱暖思淫欲"的结果，枪击酒吧，火烧宾馆，通宵彻夜在惹祸事，都是不肯勤劳的人，天天在怨叹"失落"，觉得百无聊赖后才生出来的祸患嘛。

勤的第三个益处是"勤能长寿"，勤劳的人专心于他的事务，孜孜不倦，心地是宁静而悠远的，不会纷驰灭裂；意志是自强而坚实的，不会感到无法安身立命，所以他的血气，由于有了安顿，而循轨不乱；他的精神，由于懂得敛众，而内守不浮，这样的人，就自然具备了致长寿的良方。到今天价值观念变化太大，道德规范崩溃太快，如果没有

"勤"来掌握自己，谁能不被外来的巨浪漩涡吞没呢？

　　勤的好处既这样多，今日的中国人实在不该丢掉"勤"这个宝贝。能劳动心思，就神志清明，不会堕落。不放纵筋骸，就精神凝聚，不会悲观。勤的人才能不断充实自己的心灵世界，发挥生命力到极致，自强不息，反而可以克服对生命的厌倦，不会失掉人类生命的意义。勤的人不需吸食毒品，不需借麻醉程度来发泄对生命的倦怠，勤的人也不可能沦落在黑社会里做寄生虫。

　　大地又再春了，天道的行健不息，正启示我们想修德成业、兴家颐寿，都在这一个"勤"字！

今日的侠客

　　近几年来，武侠小说已经没落，以女侠飞侠为号召的电影电视，已不再风行。从好的方面看，社会上贫富差距尚可令人忍受，也就不会去想象廖添丁；男女爱情已经充分掌握自主权，也就不必去崇拜古押衙。司法有其公平性可解决纷争，不必找黑道出面；官府法令有不合理处，尽可游行抗议，一腔冤怒都可以宣泄，所以侠已经无所用其长。古人说："人心平，雷不鸣；吏得职，侠不出。"人间不再崇拜侠客，乃是社会的进步与幸运。

　　侠客刺客最盛行的年代，是从战国到汉初，"豪暴侵凌孤弱，恣欲自快"的年代，侠最盛行。美国西部的侠客，也是在秩序未建、以力斗力的年代最盛行。侠好像是只论恩仇，以恩仇为爱憎，不太顾义理是非；侠好像是只讲信用，允诺的就必须做到，不太顾身躯安危。古人解释"任侠"二字，有所谓"相与信为任，同是非为侠"，又以为任使气力，以力挟辅人为任侠。导致许多人脑海里，以为少年侠气，就只在裘马上做功夫，甚至倨傲地"以睚眦杀人"，瞄一眼都遭杀身之祸。其实真正的侠，重要的在侠肠、侠骨与侠气，哪里只在留心驰骋寻仇呢？

侠肠，是指一副热血心肠，救人于困厄，振人于贫乏，所谓"趋人之急，甚己之私"，奔赴别人的急难，胜于为自己的利害盘算。侠肠绝不在矜能斗力，而重在酬恩赴难、济贫助弱，总结来说就是重在一个义字。

侠骨，是指崔巍磊落，屹然不可撼的骨气，无骨的人，必然无情，古人说"无情不成佛"，我认为"无情也不成侠"，有侠骨才是天地间有血性、有真情的人物。儿子有侠骨必是孝子，臣子有侠骨必是忠臣，妇女有侠骨必是烈女，朋友有侠骨必是信友，所以侠骨是以忠孝信洁为内容的，忠孝信洁的人才是天下的真侠骨、真情种。

侠气，是指豪杰气、英雄气，所谓"天上无雷霆，则人间无侠客"，侠客就如同天上的雷霆，一声然诺，虽千万人吾往矣，一声叱咤，令千万人都辟易，侠气化作无穷的正义力量，天壤间因为有它而风云改色，生气勃勃，人间因为有它而申冤解祸，强不欺弱。路见不平，拔刀相助，苛政如虎，揭竿而起，侠多少带些革命家的热情。所以苏东坡说有侠气的人"智勇辨力，皆天民之秀杰者"。

武侠在今天虽然已没落，但侠肠侠骨侠气，依然是世间最珍贵最可爱的热血，时代不同、法制不同，侠已转化面目，变成法制内的动力，侠肠已转化成人溺己溺、人饥己饥的慈善事业；侠骨已转化成不怀二心、牺牲奉献的团队精神；侠气已转化成笔带风霜、字带剑戟的传播舆论。所以若问今天的侠客是谁？绝不是武打政客、黑道"民代"，而应该是慈善家、各机构的忠贞干部，以及不被潮流所卷走的专栏作家。

朱子家训

　　新年的气息，曾在路边的书报摊上反应得最早，红包、剪纸、日历、年画，到处是大吉大利的好兆头，其中也往往兼挂着一张《朱柏庐治家格言》，至今这张治家格言和各种吉祥年画一样，仍是许多家庭中装饰的一部分。

　　这张"治家格言"，又简称为"朱子家训"，所以有人就误以为是宋朝朱熹的作品，朱熹有《童蒙须知》一文，说读书要三到："心到，眼到，口到。"有人将它叫作"朱子训子帖"，就更容易和这"朱子家训"混为一谈了。

　　尹会一是清代很有学问的儒者，居然也误以为它是朱熹所作，在朱熹的文集中找不到"家训"，就说作者的"辨

别"不重要，而家训的内容能去"力行"才重要。并且推崇
家训的道理贯彻天人上下，能守着它就可以修身寡过，能推
广它就可以善俗济世。

我也觉得这张挂在墙角的"格言"——"黎明即起，
洒扫庭除。"从洒扫应对到待人接物，实在是中华文化精
粹的部分，既已家喻户晓，大家乐意张挂，在谈"文化建
设""精致文化"的今天，更应加以珍惜弘扬才对。可惜朱
柏庐的生平，知道的人不多，被误成朱熹以后，徒然滋生作
品真伪的疑惑。我在清人编的《莲漪文钞》里，看到一篇杨
凤苞写的《朱柏庐记略》，对其生平的介绍最为详细，也许
很多人都想知道一些的。

朱柏庐，本名叫朱用纯，字致一，昆山人，十七岁补郡
学诸生。十九岁时明朝亡国，父亲朱集璜殉难死节，他恨不
能像晋代孝子王伟元那样，父亲被杀后，自己攀着父亲庐墓
上的柏树不走，也被杀，成全了一门忠孝。因此自号为"柏
庐"以表达内心的哀伤。

明朝亡后，他一直隐居做教授，精研理学并躬行实践，
康熙戊午年，有人要推荐他为"博学鸿词"，他竟以死自
誓，绝不仕于清朝，并写了《朱布衣传》决心以布衣平民终
身。他每天晨起，一定先到家庙祭拜，朗诵《孝经》一篇。

他主张把学问道德融入生活，所以他说："所谓诚者，不外乎伦常日用之间。"伟大的中华文化，圣贤的人伦大道，其实就在起居生活处入手的。他又说："如果心中不脱'卑鄙'二字，行事只想'苟且'二字，那么读书讲道，都毫无益处的。"他卒年七十二岁，留下的最后两句话是："学问在性命，事业在忠孝！"

一生八十字

有人修道一生，将一生的心得，写成八十字，平均一年只写一个字，这种千锤百炼的文字，常是最耐咀嚼的。明代的高僧株宏，效法朱熹的《警世语四绝句》，将平生修道所悟，写成《拟古四警语》，朱熹是从飞禽走兽的习性中悟出，株宏则偶尔提及昆虫，主要在说人心。且看他留下的八十个字：

畏寒时欲夏，苦热复思冬。妄想能消灭，安身处处同。

在冬天人们怕冷，就希望那时能改换成夏天才舒适，到夏天人们又怕热，希望那时能恢复成冬天才舒服。人对于当前面临的事务，总是想着坏处，盼望换一换眼前的场景，所以面对什么，就挑剔什么，正像人入了一行抱怨一行，到了此山又望那山，一切苦恼，都是由于颠倒妄想而来，因而永远找不到一个安身的地方。

倘使有朝一日，终于发现：今天是冬日，正是夏天酷热时所期望的冬日；今天是夏日，正是冬天严寒时所期望的夏日，原来日日是好日，应该正视今日，不必老在期待未来或怀念过去，让这妄念迁流不停的"三际心"歇一歇，不必苦恋期待，不必安排造作，只求随缘自在，随缘就像一个圆球，推也推不倒，圆转自如，立处皆真，随你推到哪里，就稳稳地站在哪里，那时心就能随处皆安，心一安，身体也就处处都安了。

忖得翻成失，拟东仍复西。未来杳无定，何必预劳思。

天天揣度得与失，心想一定可以"得"，结果却是"失"；处处辨别东与西，心想这回往"东"啦，结果却偏又往"西"。绞干脑汁，使尽心机，谁又能掌握缥缈不定的未来呢？所以少去焦虑最好，劳神焦思，往往适得其反。

株宏的诗，主要劝人看清楚：哪些事要尽人力，哪些事

要等天命。把祸福得丧交给天命，把誉毁褒贬交给他人，只
把修道立德要求自己。功业成败的事，天命居多，人力居
少；但学问修道的事，人力居多，天命居少。哪些该尽其在
我，哪些乃不可强求，区别清楚，就是"知命"了。

蚕出桑抽叶，蜂饥树结花。有人斯有禄，贫者不须嗟。

只要留神一下小昆虫，蚕儿孵出幼虫的日子，必是桑树
初生嫩叶的季节；蜂儿感到饥饿的日子，必是花蕊提供酿蜜
的季节。冥冥之中，自有造化巧安排。

所以天生了人，也自有其生计，相信"天无绝人之
路"，何须伤穷嗟卑。一切乐观些，看开些，穷人何尝没有
好处？穷家无门禁，穷人少操心，穷汉少怪病，穷门多孝
子，穷诗人诗料最雅，想着"一分权势，一分造孽"，贫户
也自然造孽最少，所以明人王若之说"贫是一种佳境"呢！
嗟什么？

草食胜空腹，茅堂胜露居。人生解知足，烦恼一时除。

草草吃一顿，总比空肚子挨饿好过些吧？茅屋一间，总

比露天夜宿好过些吧？人生懂得知足，在衣食住行的物质方面，去找低一层次的人来比较，就自然满足而庆幸。只有德行学问的精神方面，要找高一层次的来比较，就自然懂得策励自己，见贤思齐。

人生一知足，处处就有余，人生不知足，天天常不足。知足以后，狂心妄想自然歇灭，《首楞严经》说："狂心自歇，歇即菩提。"狂妄心调伏后，烦恼就少，若断了烦恼障，眼前便是无上的智慧菩提。

第一首教我们消灭妄想，末一首教我们懂得知足，其实是跳出烦恼的同一法门。

好名

　　每个人都希望有一个好的名声，把自己好的一面，尽量彰扬出来，受人羡慕。企业家急着受表扬，政治家急着上电视镜头，文学家急着去发表，大美人急着要"中国小姐"的头衔，都是名声的垂涎者。

　　然而只要把时间概括得长一些，你会发现，侮辱总是追在荣誉的后面，要求平均与抵消。别人恋爱不正常一点，没人去张扬，"中国小姐"一闹绯闻，就取消"后冠"，满城风雨啦。别人做过汉奸，没人去张扬，文学家做过这些勾当，就当心入了文学史啦。别的女人守不守节，守节到抑郁劳瘵、母子饿死，都没人管，而李清照改嫁了没有，却让学术讨论会上争得脸红耳赤啦。别人犯了强暴罪新闻不大，大政治家或门第显赫者的子弟，有些小小的疵颣，就成了众人指摘的话题，获罪重于他人，试看美国的拳王与肯尼迪家族犯了强暴罪，全世界电视都喧腾啦，盛名真是可畏而不可恃呀！

名有多大，谤也有多大，不实的虚誉后面，更随着许多莫须有的罪名，像偿债的冤鬼，步步不宽饶。所以古谚认为"负天下之名者，而天下之谤恒随"，名声像个箭靶，邀来各方的毒箭，迷信一点说："名者造物所忌"，最好不要多取。

可是热衷于追求名声，原本是所有伟人的本性，所谓"烈士殉名"嘛！《孝经》上也劝人要扬名于后世，《论语》也说"君子疾没世而名不称"，连圣贤也不能忘名，好名的又偏都是聪颖拔萃之辈。问题就在你想成伟人，无意中便把别人处在渺小的位置；你想成美人，无意中把别人处在丑陋的位置；你有廉洁的名声，就处别人于贪婪；你有勤奋的名声，就处别人于怠惰；你有孝顺的名声，就处别人于悖逆；你有君子的名声，就处别人于小人。你有任何的好，都会让别人受不了，容不下。更何况你的好名声，无法不让别人相形失色，你有了大学问，会让多少人自觉浅薄无知？就像你有了大财富，会让许多原本自以为小康的人，感到像赤贫一样的愤怒。

好名的人又喜欢扬才露己，衒博哗名，怀着英雄欺人之心，助长虚骄自大之气，禁不住意气风发，就像一只满身彩羽的山鹊，喜欢在一群颜色单调的凡鸟眼前张扬，免不了招来咒骂！"有名世所疑""多才世所妒"，乃是必然的结果。古人诗说："井甘枯必早，木直伐故先"，甘洌的井泉，最早被汲枯；笔直的树木，首先被砍伐，有盛名的人常被自己的盛名所煎熬，然而有几人能解开这缰锁，将功名看作蝼蚁的争夺，把显誉看作井蛙的鸣声呢？

名场祸比战场多

在电视上看到有人问歌星邓丽君："像你这样的知名人物，要怎样面对各种流言：什么得了艾滋病啦，同性恋啦，甚至早已不在人间啦？"面对如此"碎嘴"捏造的谣言，邓丽君却轻松大方地回答说："我也不懂得如何去澄清，只要凡事看淡些，自己活得好好的，流言就不会困扰我。"她同意这些传言都是成名之后的代价。

嗨，真了不起，古人说："人生能淡即神仙。"凡事能看淡而不心虚的，是何等的人物？多少修养很高深的人物，还不是"誉之则喜，谤之则忧"，谁能超然毁誉之外，把毁誉视同浮云呢？

"名场祸比战场多"，名声大了就有人来争名，功业大了就有人来忌刻，所以功名大的人往往没有真心的朋友，当面献媚的，背后都是"工谗"之辈，一找到间隙就造谣，自来所谓"倾盖如故，白首如新"的气味投合朋友，哪有两人都是"功名"鼎盛的人物呢？在演唱明星界，名就是利，倾轧比战场还厉害，而邓丽君自觉演唱界的人到了三十九岁，该收敛一点，让机会给一些年轻人，她深明功成身退的哲理，更令我觉得了不起。

人成名以后，为什么总是要以"受不实传言"为代价呢？迷信地说，这叫作"天道恶盈"嘛，换句现代的话，就是名声太大了，相对地，社会的期望也提到极高，难以符合，谁能长期在最高标准的期许下生活？稍有百分之一的差错，别人就有百倍的议论。何况声名过盛的人，即使别人不忌刻，自己也会自满骄矜，自己不骄矜，子女也会走上放肆衰颓的道路，因此门第太高的名人及其后代，能功成身退的不多，总是最后成了流传毁谤的汇集点，才会有"名之所存，谤之所存也"的感叹。

能想得开一点，被毁谤对自己也未尝没有好处，古代的贤哲就是这样安慰我们的：因为人总是在被毁谤时特别收敛，被称誉时容易狂肆；被压抑时特别警醒，被抚顺时容易放恣。被抚顺时常会沉溺，倒是被压抑时反会成功；被毁伤时自己若仍是完美的，不就比被称誉时自己却是残缺的，要好得多吗？更何况，"毁"与"誉"原本是互为因果的，也许就是因为自己原本残缺却被虚誉成完美，所以才会在力求掩饰完美时，招来别人要加倍夸大地予以毁伤呀！若能坦然面对，淡然处之，别人的毁伤可能像针灸之苦，也许会治疗好自己真正残缺的部分呢！

　　至于古代的贤哲是怎样处于毁誉之际呢？"始则自反，继则任之而已"，先反省自己是否真如所说，再则随它去，让事实说明一切吧。自己不对，不怕别人毁谤，就是无耻；自己对，怕别人毁谤，就是没志。受谤或者避谤，都得看祸害的轻重，像什么得了艾滋病啦，已经死亡啦，这些谣传对健康如常的你来说，毫发无伤。像邓丽君一样，采取"任之而已"的态度，对毁誉能"经得过、认得透"的人，才能"勘破世缘"，高人一等，这种贤哲的修养本事，居然在一位歌星身上履行出来，所以让我连呼"了不得"！

面对横逆十诀

　　宋朝的宰相富弼，处理事务时，都反复考虑，无论事大事小，都要万无一失，才做。但是"万全之举多怨"，有人对他瞻前顾后谨慎小心的办事态度非常不满，背后嘲笑他，攻击他。

　　"有人在骂你！"打小报告者向富弼说。

　　"在骂别人。"富弼一点也不在意。

　　"不，指名道姓骂富某！"

　　"天下同名同姓的也很多呢！"富弼依然淡淡地回答。

　　别人没有当面冲着你骂，何必一概往身上揽？富弼真懂得不要自寻烦恼。即使当面冲着你来，你也可以想一想，古今真正的人豪，像圯上老人冲着张良，教他去拾鞋子；像桥上恶少冲着韩信，教他从胯下爬，但这些天下第一等伶俐的人物，都是以忍让的态度面对横逆，这短暂的毫厘之忍，才换来远大千秋的事业。

面对突如其来的横逆，要记起"拔刃难收"这句谚语，拔刃容易收刃难，拔刃之后，不是伤人，就是自伤，想安然"收刃"，还不如一开始不要匆遽地拔出刃来。忍一口气吧，只当是急急忙忙走路，衣服被草莽中的荆棘钩住，只有缓缓地解开，急拉猛扯都不是好办法。此外，也不妨想起"忍事敌灾星"这句古谚，灾星临头，只有"忍事"才能克敌过灾星，假若不懂得逆境当顺受，可能是灾祸一场。

古人早有"忍辱至三公"的说法，每一位身居高位的人物，都曾参透了"忍辱波罗蜜"。不过，忍也不是一味"藏蓄不发"，如果只是隐忍不发，日子久了，累积到不可再忍时，一日溃发，就像洪流决堤，不可阻遏。所以真正的"忍"是要懂得疏散敌意，随忍随解，不放在心里，才是善处忍地的人。

吕坤在《呻吟语》中，对排遣横逆、疏浚敌意，有十种策略，可供届时运用：

玉要靠石头来磨的，和小人相处，往往是进德修业所必需。

不遇上这个小人，如何能测验自己的气量？

我反省有理，他还不放过我，表示这个人十分顽恶，喜欢挑衅，一旦和这顽恶者计较，必定惹祸。

我已经"有理而且忍耐"了，他愈闹，就显得我益发"有理而忍耐"，假若终于忍不住，和他对上，就丢掉我的善，而分担了他的恶。

交给公论吧，他侵犯我没完没了，别人都有是非之心，一定会有是非的公论。

自己反省没错，就不理睬他，采用兵法"不应不动，敌将自静"的策略。

能避则避，能让则让，许多事是"身愈屈、道愈尊"的，每次走路让别人的，并不会因此而迟到。

就交给天吧，天会了解我，而天理循环，冥冥而不差。

就说是命吧，人生不能投缘，再好心也是白搭，岂不是命吗？

外边有个敌人，专门找碴，或每天惧患防危，内心就不敢放肆，说不定许多灾祸反而因此而消弭于无形了。

进与退

　　君子与小人最明显的区别：君子是"难进而易退"的，小人相反，是"易进而难退"的。

　　要君子就任一项职位，必须三顾茅庐，百般劝说，如《诗经》所形容的有"将其来施施"的"难进"之貌。但一旦就职，胼手胝足，鞠躬尽瘁，心里只想着大公无私，不能曲阿别人之所好，所以"君子寡朋""君子难亲"。一旦要去职，也绝不贪恋，像羁鸟飞出樊笼，像天热放下衣担，有释肩解脱的快乐，因此君子总是"难进而易退"的。

　　小人则相反，要来谋职的时候，好话说尽，多方请托，送礼请客，头像削尖了似的厚颜钻营。但一旦就职，明里顺应人情，暗里弄权作怪，心里只盘算个人的私利，牺牲公益去做人际的关系，所以"小人多类""小人易比"。一旦要他去职，就攀住门槛不放，叫骂恋栈；甚至动刀动枪，请他走路还真难呢，所以小人总是"易进而难退"的。

中国的知识分子，自来最重视出处进退的仪态与分寸，认为这是讲廉耻的第一步，进则切忌躁急，退则切忌怨尤，进退的"时"与"位"问题，如何拿捏准这时空的坐标位置，能够适时适位，才最重要。孔子见兰在隐谷之中，芬芳独茂，这"王者之香"居然与"众草为伍"，禁不住援琴叹息，"自伤不逢时"，于是兰花就成为君子进退时位的典范。

兰花生于深林，不因无人欣赏而不芳，所谓"自无君子佩，未是国香衰"，即使没有君子佩戴它，它也不会衰竭那份"国香"，它珍重自己的"灵根"，孤抱着那份"幽贞"，不躁进，不自献，一旦出山担当，便能"入室成芳"，宋代的杨万里有一首兰花诗道："生无桃李春风面，名可山林处士家，政坐国香到朝市，不容霜节老云霞！"说它不像桃花李花那样热络地露出春风得意的面孔，它是安于山林处士之家的，一旦将国香传播到朝市上来，举朝称庆，谁希望它自秘着幽香成为秋风云霞中的"野香"呢？兰花，真是君子进退的榜样了。

　　明白君子小人居心的不同，也就知道君子与人才都是默默地站在淡泊的远处，小人与劣质才会热络地围绕在权势者四周，一个主管如果不懂得静心观察，到处觅才，而只就手边亲信去调兵遣将，那么很快就被包围、垄断与蒙蔽，多少"国香"要为之零落荒芜了！古人说，"避世非君子之心，得人乃国家之福"，如何奖掖君子出来就职，就职后又如何培植爱惜，务使进君子而退小人，佩兰芝而除野草，这才是天下风俗良窳的枢机呀！

争与让

一般人都会说：西方的文化注重争，东方的文化注重让。君子无所争，温良恭俭让，孔子已做了典范。然而今天我们接受西方文化，尤其是选举的文化，谦让再三、与世无争，已经不合时宜；自吹自擂，明争暗斗，乃是选举时不可少的。选举制度的争权，与资本主义的夺利，对中国文化冲击太大了，但是我们不该忘却中国人是如何看待争与让的！

中国人为什么提倡"让"？主要是为了谦和。因为你争得了胜利，别人就会觉得失败可耻，可耻就来竞拼，竞拼到最后，必然合力来倾轧你。如果你能礼让谦下于人，别人就觉得可喜，可喜就来敬你，敬你到最后，必然合力来推崇你。所以好争的人，一定遇到克星；而好让的人，一定人际关系和谐，《易经》上说："劳谦君子，有终吉。"认为谦让的结果既和平又吉祥，比争要高明。

中国人为什么提倡"让"？也是为了持盈保泰。因为我想争胜，天下人人谁肯自居不胜呢？加上大家信守的不一样，意识形态愈坚韧，争夺厮杀一定愈酷烈，我能操胜于天下的概率仅为一，而天下人操胜于我的概率是千万，我不可能习胜以为常的，强中还有强中手，哪个拳王国手能长保冠军呢？次次胜人者，只要百胜后有一次不胜，就前功尽弃了。

春秋时养由基最善射箭，能百步外射穿指定的柳叶，百发百中，当他射到一百发时，人人鼓掌叫好，却有一位老者在旁对他说："你有如此本事，我可以开始教你了！"养由基有点生气，蔑视老者说："你有多大本事？能教我什么？"老者持须微笑说："我不是教你拨箭钩弦，但我能教你不要再射了！再一箭射不中，刚才的一百发，岂不就全完了？"老者不是教他争胜，而是教他谦让，让才可以戒盈戒满。

中国人为什么提倡"让"？更是为了安全。宋代的高人林和靖就认为：在大江上张满了帆篷，在平陆上驰骋着快马，没人赶得上，是天下最得意的快事，但也是最可忧的危险。他主张"处不争之地，乘独后之马"，任由别人去嗤笑，却是最快乐安全的。

袁枚也告诉他儿子处世之道说："骑马莫轻平地上，收帆好在顺风时"，大凡猛着先鞭，轻舟似箭，最不能轻忽，懂得早日收敛，才最安全。

基于上述理由，东方文化推崇"让"，像杨椒山的家训里说："宁让人，毋使人让我；宁吃人亏，毋使人吃我亏。"便成为中国人公认的美德。

当然，中国人也不是不主张争的，全看争的是什么？

例如，曾国藩主张：趋事赴公则应该用强的方法争先，争名逐利则应该用谦的方法退让；开创家业则应该用刚的方法争先，守成安乐应该用柔的方法退让。

而黄昶则认为："让"虽是最优美的德行，但忠孝廉洁的大事绝不可让；"争"虽是极漓薄的风俗，但纲常名教的大节不可以不争。

曾说的争先是为了"提得起"，退让是为了"放得下"。黄说要争的是忠孝名节的人格，其他物欲种种，都可以退让。

此外，中国人也主张君要有争臣，士要有争友，用言语来谏诤，能消恶而成善，避祸而迎福，这种争反倒是大吉祥。中国人更重视自我的"争气"，俗语说："家有一争子，胜有万年粮。"争气的子弟才能使父母家族扬眉吐气，比什么财富勋业都可贵，中国人的争，是要争在自我品格的成就上。

恩与怨

恩恩怨怨，是难说的。

"十日晴不厌，一日雨即憎"这两句谚语，正说明了人容易忘恩，却容易抱怨。十天晴朗，大家方便，并没人感激，晴朗是应该的。一天下雨，大家讨厌，好像雨天是故意惩罚人了。做人之难，也在这里，千日有恩于人，未必称谢，还觉得恩不够多，提拔得不够。一日无利于彼，百怨丛生，觉得你不肯成全他，有点寡情了。所以说"千日恩不抵一日怨"，只要一日有怨，早抹杀了千日的恩。

"一饱未为德，一饿生怨嗟"也是同样道理，譬如你豢养的野生动物，是只准饱不准饿的，张罗它吃饱，未必有恩，一旦怠慢它饿了，就可能有危害的动作，人与动物相去几希，从这里也可以悟出待人的哲理。

冷静一些去想，就明白有恩就会有怨，恩怨是因果而成一体的，"恩者怨之媒也"，怨常常是随着恩而来，在薄情诡诈的社会里，善门难开，施恩往往招怨，嫌恩不够多，于是有人主张"要寡怨就不要广恩"，不过，这种主张未免太世故了吧？

施恩为什么会招怨？第一是由于施恩的人，许多是有始无终，施恩帮忙到某种程度，觉得够了；提拔奖掖到某种高度，觉得是顶点了，但受恩的人欲望无穷，上进还要上进，一旦停止提携，像李商隐对令狐氏那样，就会怨望终身。

第二是由于平时常常施惠，到急难时，独缺临门一脚，所谓"平日恩多，抵不得临时少"，就像清晨招待他吃了好餐，算不得午后也是饱的，午后要午后再供应，不然当然会怨。所以施惠要讲究及时，等怨后再施恩，也是徒然，不是像雨罢再借伞，也是不必了。

第三是施恩者喜欢锦上添花，不懂得雪中送炭，所谓"惠不在多在相当"，漂母在韩信饿时给予一个饭盒，韩信就牢记心头，要以千金为报。所以施恩要施在紧要处，感念才深，恩惠的厚重与否，反倒在其次，古人诗说，"从来能报主，不在受恩多"，孟尝君手下那位食无肉、出无车的冯骥，反而比常年享受"上客"礼遇的，更能立功报答主人呢！

第四是施恩者往往容易有骄慢的心，总带点施惠责报的口气，而受恩者偏是容易忘记旧恩，还在期待新恩多多益善，如此相待怨就结成。因此，施恩的人如能不责望回报，就多一分仁心；受恩的人如能不忍心遗忘，就多一分孝心，施者仁，受者孝，自然就远离怨恨了。施恩的人不要老依仗着别人不敢违背的"势"，受恩的人也常存着不忍背离的"心"，施恩者给人的印象是"可爱"，而不是"可畏"，能做到缓急相济、痛痒相关、忧乐相共，自然更不会产生怨恨。

为人既免不了有恩怨，但豁达一些看，恩怨也可以一笑来泯灭的，因为恩固然成就人，怨有时也会成就人。许多足以令人怨恨的遭遇，常常是成功的促成剂呢！韩信既感恩给他饭吃的漂母，后来也感谢那位在桥头喝令他从胯下爬行的恶少。张良既感恩黄石公授他兵法，也感谢老人喝令他去桥底下捡鞋子。甚至有人譬喻说：若不是毛延寿故意把王昭君画丑了，出塞和亲的未必是王昭君，王昭君就只能在后庭中老去，成为怨女，怎能使千古的人在青冢上一直赞许王嫱呢？所以说，"大恩与大怨，成我原无两"，有时正是命运巧安排，恩与怨说不定都是铸成人生成功的条件呢！

乐观与悲观

　　有一位已经八十岁的老太太，因为子宫瘤开过刀，不但失去了子宫，连脊椎也截去两节。她每天躺在床上，最爱读报纸上的讣文，这些乏味而公文程式化的讣文，她篇篇读得津津有味，读罢神情愉快，令我十分迷惑，是幸灾乐祸吗？我想知道谜底。有一次，她笑笑说：

　　"每次看到讣文中享寿六十、七十以下的，我就觉得自己早已够本，为自己庆幸；每次看到讣文中享寿九十、一百以上的，我就觉得来日方长，自己大有希望，为自己高兴！"

　　她真是一位乐观的人，无论所见讣文主角寿命的长短，都给自己正面的鼓励，都从好的角度去推想。如果是一位悲观的人，眼光也许全部相反，见到享寿六十、七十的，就悲伤自己真是受罪，到八十了还不放过，"赖活"真不如"好死"。见到享寿九十、一百的，又伤心自己何其倒霉，才八十就奄奄一息了！每回都给自己负面的泄气，都从坏的角度去推想。

　　另有一位朋友，正为三幢房子而烦恼，见了我就诉苦说："现在房子卖不掉，银行贷款压力好重；房子如卖掉了，房价又这样低，不甘心。我们两口子就一直在为卖或不卖吵架！"我一听，就换个角度为他擘画，对他说："房子如果卖掉一幢，贷款先偿清，好轻松！如果卖不掉，咬紧牙关熬过来，就全权拥有了三幢房子，不论卖或不卖，结果都是好呀！你们怎么都想成坏事呢？"朋友两眼发亮地愣了一下说："咦，我怎么从没有这样对太太说呢？"

　　这使我想起从前清人毛际可为了刊刻书本，必须卖田筹款；如果不想卖田，那就刻不起自己的著作，孰得孰失，正在大伤脑筋。他的儿子见到父亲犹豫不决，点醒他说："卖掉田地，可以省些赋税；刊刻著作，又可以洛阳纸贵，两件都是好事，犹豫什么呢？"哈，真有人如此乐观，样样想来都是好事情。

　　我又听说，一位七十多岁的老人，眼部手术失败，两眼全瞎，却对人说："临老眼睛瞎了，别人一定很痛惜，而我倒觉得：不再看世上碌碌的寻常人，也是一件喜事呀！"哈，"此后已辞倾险路，从今不见寻常人"，瞎眼竟也不坏！

　　我又想起一位悲观者说："每次读古人的文章，只要想到这些写文章的才人，没有一个还活着，文章何用？我立刻万念俱灰！"另一位乐观者却说："每次读古人的文章，只要想到古人的文章，到今天居然还流传着，文章不朽，我立即万念奋起！"哈，同样想一件事，竟是南辕北辙！

　　人世的悲喜苦乐，感应全在一念之间，悲观的人，总在两难的事件上，把两件坏结果全选了去；乐观的人，却能把两件好结果全挑了来，世界的黯淡与光明，关键就在这儿呀！

长处与短处

"老"是许多人所忌讳的，有人连儿女喊他为"老爸"都喝声制止，觉得带个老字太刺耳。但是我有一位学生范增平先生，年纪轻轻的，早就留起飘飘的长须，一副美髯公的模样，看来反像我的老师。他不以"老"为嫌，因为他推行茶道，茶道有古老的传统，配合长生的形象，反倒沾点仙气，这"老"不但无害，反而有益。所以一般世俗的人，都讳言"老"，年老了谁还重视他？但是国学大师、道士、星相家或卖草药的，讳言"少"，年少了谁都会轻狎他的道行呢！

可见同样是"老"，有人厌恶，有人却喜欢，有人认为老是短处，有人却认为是长处，事实上长处与短处，本来是有利就有弊，随着立场的不一而改变的。

譬如一株笔直的树木，是长处，它一定缺少树荫，就是短处。一个正直的君子，有长处，他一定缺少臭味相投的徒众，便有短处。文学艺术为什么"叫好不叫座"？贤人直士为什么总是"不容于世"？原来短处与长处是孪生而来的。

自从社会多元化、思想多元化以后，所谓长处短处，所谓优点缺点，以及一切利弊得失，界限更加模糊，在这模糊中如何不迷失自己？对人生的淬砺，仍有什么处世的固定法则吗？回答这些问题，的确困难，我想有下列四点，不妨一试：

第一是要满意自己，不必老是去羡慕别人的长处。就像陆生的花希望土肥，水生的花希望水深，然而陆生土肥就容易被剪伐，水生水深就怨恨遭漂泊，每个有长处的都有苦处，所谓"甘瓜苦蒂，物无全美"，最好先满意你自己。

第二是只要善处你的短处，就是善用你的长处。就像懂得自己的身体孱弱，处处生出谨慎的念头，反倒比自负身体壮硕者，做更多安心的事业。同样的，懂得藏拙的人，常比爱现的人，有更美的形象。

第三是多录用别人的长处，多称赞别人的长处，结果都变成自己的长处。每种木材至少有一种用途，缺点再多的人也至少有一个优点，有一个优点就被录用，世上将没有可弃的人，用这种多元化的角度看别人，一定获得最多的爱戴。再则懂得幽闲独处时，常检讨改进自己的短处；在公众聚会时，逢人就说别人的长处，这样的人，一定获得最多的利益。

第四是顺着短处去开药方，往往变成过人的长处。就像齐宣王好血气的小勇，孟子顺着这短处开药方，要他好义理的大勇；齐宣王又好世俗的歌乐，孟子又顺着短处开药方，要他与百姓同乐。即使齐宣王有"好货、好色"的短处，孟子顺势引导也都能变成无敌的长处呢！

长处与短处，虽没有一定的是非，却仍有不变的人生道理。

有心与无心

有一位胡须长得像张大千的老公公，每天美食安眠，心上没事，有一天被别人询问说："老公公，您晚上睡觉时，长长的胡须要放在棉被外呢？还是棉被内呢？"老公公根本没注意过这个问题，经人特别点出来一质询，无法回答，当天晚上就把自己的胡须在棉被内外，放出放进，整夜都睡不好了！

人生有许多事情，都和这老公公的胡须一样，无心时天天好过，有心时一夜难眠，别人不问原本无事，旁人一问烦恼丛生。就像男女恋爱，是再自然不过的事，一双蝴蝶、两只飞鸟都懂的事，从原始人类就相惜相爱的事，到近代经不少恋爱专家东指点西提醒，爱恋变得何其复杂、何其冷酷、何其艰难！爱其实只要相互凝视、相互感动、相互珍惜就可以，何须盘算得如此条理细密？承受了太多的指点，学会了太多的挑剔，反倒丧失爱的本能，变成对爱无能为力，反常地不能爱了！

婚姻何尝不如此，古代人一切听天由命，嫁鸡嫁狗都能乐陶陶过完一生，经过近代婚姻权威的再三剖析：这是虚伪，那是自欺；这是沙猪，那是不平等；这是骚扰，那是高潮，大声呼叫把问题凸显出来，不要遮盖掩饰，我们不清楚这些权威过的是如何美满的婚姻生活，但听从了一席演讲，回家检视夫妇关系，让原本好端端的夫妻，弄成了问题家庭。有时候想一想：外界信息少一点，反而容易快乐过日子，信息一多一杂，可能就成了烦恼的渊源，老子说五色令人目盲，大概就是这个意思吧？

我想起先父在过世前，在医院做胃部手术，开刀后发现胃癌组织已巨大得像一颗白花椰菜，医生慨叹说："胃癌长成白花椰菜一般大，可能已经有二十年历史！"我听了倒有另一种想法，如果先父在二十年前就知道自己得了胃癌，仍能平静如常地再活二十年吗？先父只知道自己是胃溃疡，不痛就不去理它，倒也逍遥到八十几岁，不就和那长须老公公在无心的时候，夜夜安眠一样吗？

我又想起明末的大儒顾炎武，他的伟大著作《音学五书》，每次清稿完成，书稿就被老鼠啮坏，啮坏他就重新誊录，誊录时又大大修改一番。许多朋友见了都劝他翻瓦倒壁，灌水熏烟，早早将鼠辈消灭，免得如此惹人厌恨，顾炎武竟然说："老鼠无心啮破书稿，实在是在勉励我，不然好好地搁置着等待出版，我哪里肯发心改写五遍呢？"顾氏真善于利用无心的收获，转祸为福，有心未必肯做的事，无心之间反而带领你做得更出色。

这样说，有点像在提倡老子的"反智"论，我无意"反智"，只是觉得"无心"的可贵，比"有心"有滋味多了！有心去求，常常坏事，无心处之，反而获得最多。

就像做学问，光读了两本书，就想测量自己成就了多少？听了一席话，就在幻想自己能否入道？太"有心"于效率，希望成功有急就的口诀，如同小说里武林的秘籍一般，都是痴心妄想。做学问就要当作日常生活天天切实去做，光靠年轻时一阵苦读是不够的，学问像下坠的物体，一开始还缓慢，随着时日加速度，愈久速率愈增加，就像近五十年的知识开发，胜过前五千年的知识开发，我从这种"加速度进步"的体察中，领悟了"大器晚成"真正的含义所在，这不是有心求成的急切期待所能办到的。做学问只管从容纵浪，自自然然前进，到后来闻一知十，旁通互贯，无心间学问就大成了！

着迷与迷着

警察扫荡赌窟妓院，早不是新闻；最近又扫荡电动玩具店，才成了新闻。据报载全省电动玩具店不少与赌博、色情有关联，这"嫖"与"赌"两样最古老的迷人术，居然能与电子科技相结合，形成一项教人迷着的新魅力。

照理说，世上不断出现新的教人着迷的事，应该是人类的福音，给枯燥贫乏的人生增添情趣。一个对新玩意不喜欢的人，证明他已经老化；一个对什么玩意都不着迷的人，不仅一生意兴阑珊，平庸空洞，生活也刻板无味。所以"着迷"二字未必是一件坏事，端看你着迷在哪件事情上。

你如果着迷于赌，就成为赌鬼；着迷于嫖，就成为花痴。但像李贺那样着迷于吟诗，一片哀艳荒怪之声，也成为诗中的"鬼才"；像窦威那样，沉溺于读书，终日手不释卷，也被人喊作"书痴"。一旦着了迷，往往成"鬼"成"痴"，这并不可怕，主要看你是清醒地在"着迷"，还是糊涂地被"迷着"，你有没有经过"择善"才"固执"呢？

因此，着迷的关键，是在选择那对象值不值得着迷，着迷不一定由于意志力薄弱，有时反而呈现意志力坚强；着迷不一定是生命力的浪费，有时却是生命力的凝聚。就文学而言，如果不着迷，如何能成文学家？像王维在苦吟的时候，竟走进醋瓮里去；张北拱致力研究古文辞，有十年时间睡觉都不脱衣服；薛道衡在作文时，喜欢左右空无一人，听到户外有人的声音就生气；范蜀公在作文构思时，喜欢藏匿到草堆里去；罗岊在撰稿时，喜欢爬到树头顶上，若是替别人写墓志铭，往往先晕倒四五次，满脸是容色枯槁的"死相"，才写得特别传神。张祜在苦吟的时候，妻子儿女喊他，他都不应，事后妻儿责怪他，他说："我正在'口吻生花'，哪里能顾得到你们呀！"这些都是前人为文学创作着迷的记录，抛弃百事，都不去关心，殚智尽力，钟情于某一点，这种着迷，乃是创造成功的原动力。

一个不懂得着迷的人，一定没有什么独到的造诣，试问一位对茶道酒道不着迷的人，他那品茶品酒的高论，谁会去相信呢？茶酒小道，尚且如此，遑论其他。因此人在一生中，总应该审慎地投下你那钟情着迷的一票，选出一两样让你终身着迷的事来，把着迷的热衷，化作有益的恒心与毅力。

钱包与心事

　　《福布斯》杂志每年公布巨富排行榜，吸引全世界人羡慕的眼光，但有没有人比较过：钱包的重量与心事的重量，成正比，还是成反比？

　　钱包轻的心事就轻？由于一无所有，也就一无所惧，谁都裹足不前的贫民窟中，穷人住在里面却逍遥自得，连强盗小偷都不会动他们脑筋，陋巷里没有绑架勒索，也无须担心失去什么，是十分安全安宁的。平时连看病次数也很少，所以有人说贫困是健康之母呢！如果在贫穷中不肯低头，那份傲气可真迷人，所以钱包轻了心事最轻吧？

　　事实可能不然，钱包轻的心事也是重重。钱包一轻，亲情就淡薄，贫贱夫妻百事哀，友谊中断，难交新友，衣食住行上的细事，都变得极不方便，孔方不行，怀才也不售，大家躲开你，常造成很大的困窘，因而贫穷往往失去道德，衍生出罪恶，那时眼光短小脾气大，语言也无味，迂酸易怒，什么事都做不了，更糟的是人一穷常常连自由都失掉，想不依靠别人，保留点骨气也不可能，所以说贫穷的本身就是心灵的重担。

那么钱包重的人，心事该轻了吧？世界上的好事，几乎都从舍得花钱做成的，世界上的不好事，也几乎都从不舍得花钱造成的。既有钱又肯花，必然好事连连，心事自然少了。更何况富贵快乐，人人称羡，朋友结交到国际间，房屋连盖到山那边，东堂有名厨在主持华筵，西堂有歌星在主持歌舞，连犬马宠物都吃最好的食品，连女佣男仆都衣冠楚楚。明代的江南锦觉得《易经》里还该补一个"钱卦"：钱，亨，有了钱万事亨通。钱，前也，坐在前位，身名前等，大有前途，钱之时义大矣哉！有了钱要什么有什么，何来心事？

事实也可能不然，钱包重的人，贪心更重。贪积不休，健康一定受影响，财强身弱，心理也变得刻薄不义，所以豪门华宅中的父母兄弟，都成了最计较的人，金钱造成很多乖睽不和的家庭，富豪们常把人生该重的看轻了，该轻的看重了，整个人都走了样，每天只在担心投资的风险、治安的惊魂、亲友的需索、同行的嫉妒……明代诗人来膺荐写《爱钱歌》说："金傍两戈杀人多！"为了钱什么事都做得出来，心事哪能不重？

这么说来，钱包的轻重与心事的轻重，并没有固定的比例，就像郁郁千尺的松柏，就在担心斧斤的砍伐；才离离三寸的野草，就在担心牛羊的啃食，钱包重钱包轻，不也像松柏高野草低，各怀着忧患的心事吗？

分析归分析，尽管说各有心事难处，但人人仍想富有，说不想富有的都是言不由衷。所以古谚语尽管说："若要小儿安，常带三分饥与寒。"但今日家家多得是"过胖儿"，可见没人去理会贫寒的鼓吹。贫穷虽不是罪恶与耻辱，但人若没有正当的职业，没有适当的储蓄，窘乏得随便求人借贷，则离罪恶耻辱也不远了。

自来称赞贫穷好的，只有一种人，那就是诗人吧？西方有"贫困是一切艺术的引路人""贫困是艺术的源泉，将灵感赐予诗人"的名言，中国诗人也说"家贫诗料添""穷自宜于诗"，认为诗里写穷才清雅耐读，写富则昏聩无味，境逆思苦的声音，才像巉岩间的惊湍、像回飙中的黄叶、像霜雪夜的鹤唳，凄入肝脾而感人，艺术就此诞生。如此说倒不是强词夺理，你也无须责备诗人说"你就去穷吧"，因为诗人的审美世界与现实功利世界，不属同一价值体系，若混为一谈，是你的错，不是诗人的错。诗人钱包重了，写的诗就轻，这倒是不错的。

安身与立命

去年台湾发生一连串信仰上的弊端：买莲座、拜本尊、练气功、集体出家……有人称之为"上帝也疯狂"，有人叹息为"俗敝鬼神尊"。我倒有另一种看法，从好的方面看，何尝不是人人在现实生活稍获安顿以后，开始追求哲学天地、追求形上世界。换句话说，在饮食男女"安身"之余，仍有缺憾，仍不满足，要追求精神寄托"立命"的理想。原本的动机不坏，只可惜没人提示正确的立命方向，于是旁门左道乘虚而起，动辄攫走千万人心。

我所以认为这与"疯狂""俗敝"无关，是因为在国外许多太平盛世的地方，衣食丰足，社会祥和，但那儿的华裔居民，追求宗教，热心终极理想，崇拜超乎逻辑实证领域的程度，并不亚于台湾，而各种似是而非的教派，发展的速度，也不亚于台湾。可见华裔移民到了美好的国度，仍只能"安身"，而无从"立命"。

这令我觉察到，这正是中国人普遍的需要，需要有人告诉他们如何"立命"的哲学问题，而不是告诉他们公元多少多少年国民所得达多少美元的经济"安身"问题所能解决的。这问题亟待智慧去导航，而不是嘲笑讥骂就可以遏止，试看这些受传播媒体围攻的弊案，信徒们蜂起护主，不改初衷，就可以明白这不是骗局揭穿不揭穿的问题，而是有没有更令他们佩服的心灵归宿，足以寄托他们的余生？

人生有许多层次的需要，衣食住行是粗糙的物质生存层次，满足以后，精神就向上冒起，要求文化陶冶等精致而有品味的美好生活层次，这层次又满足后，精神仍会向上冒起，不甘罢休，还要探索安顿心灵归宿，追求有价值内涵的生命层次，一层高似一层，过了安身的层次，要求立命的层次，非如此，不足以安顿这万物之灵的精神。

"安身立命"四个字，是佛家招贤大师所提出，和孟子所说尽心于"夭寿夭命"的立命是不一样的。简单来说，立命就是在现世中寻求生活目的与生命意义的课题。

命要怎样立？清代的孙奇逢认为："尽脱世网，直证性初，方有个安身立命之地。"是说脱出饮食男女的世网，珍惜本性的灵光，发扬善心，甚至以周公孔子的心为心，对人生道理能认清题目，挺立不移，就算是立命了。他又说："忠臣义士含冤地下，忠义便能立命。"也就是说：能为美善的理想执着不移，就是立命。人虽无百年不灭的形体，而求有千年不朽的心志，这份超越生死的心意就是立命。

命要怎样立？宋代的李燔说得更清楚："士君子尽心利济，使海内人少他不得，则天亦自然少他不得，即此便是立命。"就是说：人要能在各行各业中力争贡献，济人利物，其贡献的程度能跻身至"天亦少他不得"的地步，有不可取代的责任感与荣誉心，人格价值才算完成。在各行各业继起的生命大洪流里，留下不朽的创造贡献痕迹，自我的一脉永存其中，精神才找到了真正归宿的家，灵魂才不再漂浮不定，这才是大家所向往的立命。

所以追求"立命"是一件好事，如果人只求安身，而不求立命，就失去了人之为人最高的精神超越世界，那人只为了肥身光面而变得贪婪、势利，只求做赢家而冷血无情，那时候即使将所有赢来的钱，去买莲座，去拜本尊，去练功出家，也无法寻得生命的安顿。因此，中国的政治人物、宗教领袖、哲学大师，有责任用自身光明磊落的生命情操，带领大众，才不致让大众跟着旁门左道，像盲人骑着瞎马，夜半往深池里跳。

无用与有用

　　静下心来想一想，无用的东西，常常高贵于有用的东西。

　　鹰犬是可以作为爪牙之用的，比起舞风唳月的鹤来说，有用多了，但就是少那分带点仙气的逸态。鹅鸭是肉蛋都可以食用的，比起忘机得趣的鸥来说，有用多了，但就是少那分引人远思的翎羽。所以在中国人的心目中，鹤高贵于鹰，鸥高贵于鹅，出尘的东西胜过红尘里的东西，无用的禽鸟胜过有用的家禽。

　　同样的，大家欣赏梅花，很少人去欣赏梅子，梅子是水果，还可做梅干梅酱，而梅花除了纯美的欣赏外，一无长处，但就在无用之中，唤起无穷联想：战胜冰雪，开创春天，美得出奇。同样的，大家欣赏种兰花，很少人欣赏种苎麻，苎麻有收割获利的实效，有纺织结网的功用，而种兰除了纯美的欣赏外，一无长处，近年来养兰也变成营利的快捷方式，抢夺兰花时竟动刀动枪，这是凡俗的贪婪心在作怪，兰花并不曾因价格高昂而变得有用。梅花、兰花乃至牡丹、蔷薇，都是远离人间的实用性而显得雍容高贵，只能成为艺术世界中的英雄或美人。

中国人看龙凤高贵于猪羊，也是这个道理，龙凤在现实世界里根本不存在，无所谓有没有用，有用也是神话中的事，而猪羊则是每天肠胃都有需求，实实在在，可以充饥养身的食品，但猪羊的地位远不如龙凤，名字里嵌镶个无用的龙字凤字引以为傲，谁也不肯嵌镶个猪字羊字，即使有用，却视为侮辱。

中国人看隐士高贵于农工商，也是这个道理，隐士林逋娶梅花为妻，养瘦鹤为子，有何实用？但美得像仙境！隐士陶潜连五斗米都赚不到，穷得去乞食，有何实用？也美得不染丝毫烟火气。历史上还有许多名士高士，在现实势利的政事下，都属"弃材"，却偏能播弄虚无的美感，地位一直十分崇高。推究其原因，因为艺术的美趣，必须离开实用关系才会诞生，空灵无用，才见高贵的美趣。譬如萱草，想象它是怀念母亲的花，最美最美；想象为似真似假的忘忧草，也还美；想象为怀妊得子的宜男草，带点功利的目的，美已经减色；落实为素菜宴席中的金针菜，就无所谓美了，即使美，也只剩下食品味道的美了吧？

再譬如旅游玩赏，一无目的，纯然为了心灵的舒畅享受，就十分美；变成记笔记、背数字的知性之旅，美已稍微逊色；如果成了炫耀财富式的搜采成果，美就大为降低；再沦为购物天堂归来的小贩，一一盘算实用货物的赢亏，使旅行团变色成采购团，即使在价格税款上大大便宜，扬扬得意，把现实中"有用"的观点放进去，这种旅游就一无美感了。

再譬如交朋友吧，有的人喜欢"结势"，有的人喜欢"结心"，随着现实势利的考虑，总以为结交有权有势的朋友最受用，结交有财有利的朋友极实用，但是在觥筹交错、谄媚逢迎的场合里，去镜子里照一照自己的样子，就会明白这种友谊并不美的。哪里比得上同心知交，一无互相利用的价值，也一无言谈上的禁忌，心境坦然，不想有什么用处，才是情谊间最美的。

也许有人会说，中国人的"美"字，由"羊大"构成，羊长大了滋味才美，认为中国人的美是起于实用，那是由于美的字义太抽象，不易传述，才找一种具体的滋味来造字，原始人的造字，并不能代表数千年来中国人正统的审美观，中国人是最懂得"无用之用"的民族，只可惜近代以来只顾现实势利，误以"有用"为第一罢了。

天机与人为

　　有一次家里的地毯用旧了，卷捆起来丢掉，想换新的，没想到站在身背后的小儿子乐朋，竟大哭起来，叫道："地毯太可怜了，它又不是垃圾，怎么可以丢掉？"我被这出奇的同情心怔住，原来七岁的孩子，仍将生活四周的物品，都看成相互依存的朋友，孩子广泛的同情心十分敏锐，其中就含着虚灵的"天机"。经过后来智能活动的梳理，才让成人逐渐失去朴实真挚的世界。

　　由此我想起一个天真的小女孩，将母亲以土布手工所缝制的新衣穿在身上得意，穿来穿去穿不厌的，就充满着自然亲情的"天机"，有一天发现母亲的手艺太土气，还不如路边地摊上那件机器缝制的洋布衣服时，生命的美趣就折损了。再发现路边地摊上的不能穿，进而羡慕百货公司挂的那件才帅气；再发现百货公司的成衣也不能穿，进而羡慕裁缝师傅为自己定做的才能穿出身份；再发现一般裁缝师傅做的还是身份不够，必须巴黎名师为自己定做的才算有气派……入世愈深，离母亲手裁的衣服愈远，愈堕入虚荣嗜欲的俗套里，生命的灵慧与美趣愈僵化，"天机"也就愈浅了。

我又想起酒喝多了的阮籍，他躺在酒店年轻老板娘的榻旁，酒店老板看到他常常如此，也从不责怪。那是阮籍保有了生命中的"淳至"的部分，没什么可避嫌疑的，所谓"一性定静，天机明妙"。这良善单纯的本性就是"天机"，到了世俗用纷纷礼法风化的眼光去看，就觉得他违背了礼俗。

我觉得，做人能多存一些纯正的"天机"，少一些世故的"人为"，才能享受生命的美。《孟子》里一再讨论过这个问题：一位诸侯看见要牵去祭祀宰杀的牛，见它害怕发抖，心里不忍，就叫人换一只羊吧，没想到被别人批评为"爱牛不爱羊"，以小易大，是为了吝啬发财！又一个孩子将掉入井里，旁边的人只知怵惕地去救护，没想到被别人批评为想博得赞誉，想讨好孩子的爸妈！其实一开始触动的天性爱心，便是纯纯的"天机"，而纷纷后起的理性论评，乃是没什么价值的"人为"。人在单纯的"第一义"里都只有善良的天性，到了复杂的"第二义"里才滋生出无聊的价值判断或人生的规范。

最近再读林语堂的《生活的艺术》，他认为人的快乐必须以天赋本能的和谐为基础，少去听哲学家的话。哲学家大都是在欺瞒自己，反把许多自然完美的东西，硬弄成不完美。他主张"必须脱离这种哲学的酷热和恶浊的空气，进而重获一些孩子的新鲜自然的真见识"。林先生正好批评了公式化、矫饰化、简单化的"人为"，而主张寻回人类清纯而元气淋漓的"天机"。

古人也有同样的主张：辩士说了一千句话，句句令人竦起了耳朵，但如何比得上婴儿的一笑？让大众见了就醉心！辩士难道不如婴儿的才能？不见得。因为辩士是"意造"的人为，而婴儿乃是"天动"的天机，真正教心灵愉悦的乃是天机，而不是人为。

君子与小人

尊重多元化的今天，君子与小人，十分混淆，任何截然的两分法，都嫌简单而武断，戏剧里表现的已不再是"好人""坏人"的两分法，更没有把忠奸色彩涂绘在脸上如平剧脸谱般简明了。

现代社会相信人人是善恶混杂的综合体，只有些等第的不同，在某个时刻、某个位置、某种表现、某种心理上，某人是君子或小人，或阳为君子阴为小人，不是永远两分的。加上立场角度以及诠释的多元化，甲视为叛逆，乙视为烈士；乙视为忠贞，甲视为汉奸，君子与小人变得毫无准则，这原本是价值观下的产物，价值观在浮动剧变，一切更失去了依凭与是非。

君子与小人不分，恐怕是当今社会乱源的真正原因。中国从最古的一本书——《易经》里，就在用心区别阴与阳、中正与非中正、君子与小人，几千年来直到今天，学问家最爱辨别这个问题，我想总该在这些讨论中，理出一些不受时空立场而变迁的分辨原则吧？譬如说：

君子的志向在天下国家之公，而不在一己富贵之私，言行往往忤逆别人，得意的很少；小人的志向在一己之私，只在躯壳交游上盘算，所言所行，尽量取悦别人，不得意的很少。

君子孤高而人际关系不随和，势单力薄，短处很明显；小人巧佞而人际关系活络，附和者众，长处很突出，难怪得意不得意，总是黑白倒置。

君子求胜，求胜于昨日的自己，不想损人；小人求胜，求胜于眼前的同辈，不惜损人。

君子不容易穷研小人的奸诈，小人容易看透君子的情意；小人能装出顺应君子的情意，君子则不能装出阿谀小人的所好，这也是君子少同党，而使小人常得意的缘故。

君子对付小人，只想以德来感化，以量来容他，方法是疏缓消极的；小人对付君子，造谣煽动，搏击抗争，方法是细密积极的，所以君子常败。

君子遇到小人，争不过，喜欢奉身而退，以保全自己；小人遇到君子，争不过，喜欢千方百计构祸煽惑，一定要胜了才收场。所以小人常挟必胜之势，君子常示退让之心，君子不能胜小人，是韧性不足，也是事势所必然。

小人喜欢搜集别人的隐私，抓别人的小辫子，大凡男女间的隐私，酒食间的失言，诗文中的曲解……愈是难以辩白处，愈是小人喜欢抓的。君子则喜欢看别人的大节，考察别人办事的能力。

人生只有天理人欲两条路，顺着天理而自安其心的是君子，顺着人欲逆着天理，久而安于不善的是小人。

君子眼里人人有善，责人不苛，责己为多；小人眼里个个浑球，从不责己。

君子以柔顺来与人为善，以刚强来立身励志；小人以柔顺来谄谀拍马，以刚强来骄暴夸诞。

乱世做小人容易，做君子困难；在治世则做君子容易，做小人困难。

人不可无……

你认为人生最不可缺少的是哪一件事呢？

孟子说："人不可以无耻。"认为有耻无耻是人与禽兽的差别，知耻而日有进步，就是圣贤；失掉了耻，就入于禽兽。名誉不仅是第二生命，更是人兽的分野。

桓温则说："人不可以无势。"这位威势煊赫、权倾人主的驸马爷兼大司马，深深体会权势必须掌握在手，乃至激愤地说出"不能流芳百世，亦当遗臭万年"的话来，不管属正派邪派，才德不重要，位子最重要，就是要紧抓住权势不放。

王珣则说："人不可以无年。"这位才学文章照耀一时的大手笔，写多了哀册谥诔，觉得人间最珍贵的是寿命，没寿命就没有了一切。

这些主张，是随着各人的际遇与学养，看法有了不同。圣贤认为"耻"是人的"羞恶之心"，没有羞恶之心，乃属"非人"，每天以机变巧诈的心，专做别人认为深深可耻的事，一面掩藏强饰，一面还在自以为得计，旁人看他不过是"衣冠禽兽"，如此为人，在圣贤眼里，真是生不如死。

权臣则认为"失势"是最令人痛不欲生的。权势一失，原本呼风唤雨的能耐，在瞬息之后，变成一无所有，这种感觉很奇怪，也极难堪。"势"是一路赶着你只准上窜而永没退路的，像赛马场上只准在夹道掌声中骏快奔命，于颠踬时也最没人怜惜的，所以失势比夺走生命更悲痛。

至于才子则最怕薄命短命，年纪不大，弘远多识的才学尚未造就，英朗天挺的志业无从发挥，到死只落得个"神童"的称誉，只能以其"少作"来评定一生的成就，空留下"若天假其年，必为天下伟器"的叹惜，这种在千秋大业上，不能自料的遽然截止，徒然怨恨自己"力有所未尽"，是最使英雄泪满襟的。

这三家的说法各自成理，即使科学家说"人不可无氧气"，俗子说"人不可无钱"，诗人说"人不可无情"，氧、钱、情，人又能少哪一样？其实这些都是人人一刻也不能离开的东西，由于差不多人人具备，反而"适然以乐，乐而相忘"，不到完全失去时，也不会惊惶失措的。

不过像"耻""势""年"特别被强调出来，便寓有人生的价值排列在内，强调"人不可无……"的宣示，也同时表露了各人自己"人格的品局"。

我最看不起的是嗟叹"势"不可无的家伙，只想一路好风，再往上吹，吹到权倾人臣的地位。他不想一想：像曹操那样挟天子而令诸侯，你看曹操最后彷徨恐惧，唯恐权势一失，连遗骸都无处安放。竟在台城之冈、磁岭之涯，造了七十二个"疑冢"，唯恐后人要挖他出来鞭尸。唉，俗语说得好："霸一世，没有棺材地。"一生筹划割据了天下之大，拥有最大的权势，最后连安身的寸土都不易寻找，九原容不得，白骨无所厝，真连一身一家的平民还不如，多少权奸，死后只好扬灰到大海去，你还要相信"人不可无势"吗？倒不如想想"最高峰上转身难"，上了最高峰，峻险嵯峨，往往是想转身歇脚都困难的地方，哪像下界宽广舒坦得很呢？

盛名无完人

汉末有位司马德操极善评鉴人物，被人尊称为"水镜"，但他到晚年，对一切人物，都只说一个"佳"字。他的妻子责问他说："别人问你人物，就是要辨识所疑，你一味说佳，哪里是别人求教你的目的呢？"司马微笑着回答道："像你给我的指教，更佳！"

或许是乱世慎防祸从口出吧？不然"轻誉失实"的乡愿态度未必是对的。但如果真的修养到家，抱定"眼前多好人"的欣赏态度，嘴里不肯随便"臧否人物"，这种人自然显得高雅洒脱，可惜中国人有如此修养的太少了。

中国人喜欢蜚短流长，喜欢谈人家的隐私。本来喜听别人的过失，喜揭别人的疮疤，是人类的通性，但西方人还懂得尊重别人的权益，心中自有一把绳尺。但中国人特别喜欢与别人暗底里较量，暗底里排挤，是见不得别人好的民族。

所以愈是出众的人物，在中国愈遭忌刻，与日本人崇拜杰出人物的心理适巧相反。凡是脱颖而出的高明人物，无不有一长串奇怪的传闻，所以有"高位者，责备之地"的说法，又有"人忌全名"的劝告，一人杰出，就沦为谤讪的目标，攻击的靶场。道家的陈搏就说："天地间无完名，名，将有毁之者。"道家看透了人性的恶质弱点，谁在盛名之下，都是难成为完人的。尤其在乱世，人心失掉了准衡，是非失掉了公论，人人以信口雌黄为痛快，曾国藩就曾饱受其苦，慨叹说："贪美名，必有大污辱，乱世而当大任，出大名，是人生最不幸的事！"

这实在不是中国人的好德性，见不得别人好，勇于指摘讪谤，而吝于赞美鼓励的民族性格，真该加以改进，古圣先贤早就开具了医方，要我们痛下针砭：

第一是教吾人先看重自己。动不动喜欢和别人较量，唯恐别人压胜过自己，都是因为自己所能自持的太低庸。自己是玉，不会去毁谤石头；自己是千金之璧，也不会去计较普通的玉；自己是国家的重宝，也不会去和千金之璧角力比价了。所以凡是忌才的人，都因自己是庸才的缘故。石头才会去磨攻玉，玉是不会去磨攻石头的，喜欢讪笑毁谤别人，反而是对别人太厚，对自己太薄呀！

第二是教吾人在"恕"字下功夫，多一分设身处地的念头，就能多一分公平的眼光去博观体会，任情批评只能显现自己的无知与刻薄。中国人相信"幸灾乐祸""臆断皂白""传播隐私"都是凉薄的行为，凉薄者福也薄。

第三是教吾人多多欣赏他人的优点，只有胸襟高贵的人，才常能欣赏别人的优点。你谈别人的优点，别人也学会来谈你的优点，这正常的一施一报之后，世界也随着美丽起来了。在这个"惜花人少妒花多"的世界里，多多颂扬好人好事吧，学学司马徽，多说鼓励性的"佳"字，既传扬别人的美名，也增益自己的盛德，实在是"两益"的事。

害人适害己

先说个故事吧：

从前有人发现一种幻术，专门挑逗妇女，迷惑妇女。妇女一受到幻术播弄，像吃了春药一般，任人摆布。一位富翁以高价向他买得了这套幻术，就用幻术来试验售幻术者的妻子，其妻立刻任由富翁摆布。售幻术者很生气，怒声要驱逐妻子，妻子反责他说："我如果不任由他摆布，你的幻术不就失灵了？怎能高价出售呢？"

这个故事说明了：人人只想以自私为目的，结果，害人者都恰好害了自己。

今天社会上缺乏公德心的事例极多，表面看来仿佛"施与报"之间的效应，不如这故事中那么快速，那么明显，但稍具一些历史眼光、宇宙心胸，此类"害人适以自害"的因果报应，仍是历历不爽，随处可见的：

乱丢垃圾，乱放废水，毁掉的是我们自己仰以生存的环境，二次公害远则贻祸给子孙，近则贻祸给自己。

随地吐痰的人，口沫晒干飞扬，病毒害人，辗转传播，自己仍会再次受害。

过量施用农药防腐剂，毒死别人，也破坏了家园土壤，久之也吃下别人过量施用的毒药。

二手烟到处熏人，最先受烟害而长恶性瘤的，常常是自己或亲近的家人。

吸毒贩毒绑架杀人的人，神情不安，自己受罚，家人也受害。

造假酒害人，别人也造伪药害你，人人唯利是图，人人都可能是受害者。

眼前私利的心一动，连自己未来受害都不顾，哪里会忧恤别人受害？这时候，该想想中国老祖宗有许多优美的思想值得宣扬倡导，来消弭这些恶行，譬如说：

"万物一体"的思想，在环保上极有用。天下所以脏乱险诈，是由于人人以为自身以外，便与自身无关，所以去任情破坏、掠夺、陷害、伪造，以为自己可以置身事外去获利。如果懂得万物是一体的，你乱伐树木、乱挖砂石、乱抽地下水，结果洪水泛滥、旱灾连连、地层下陷，受害者包括你自己及子子孙孙。人必须放大眼光，"大其心能体天下之物"，以心去体味天下的万物，天下万物原来都和我自身息息相关。对自己好，就该对天下好；对天下好，就是对自己好。万叠峰林，本是我们的枕几；千里河川，如同自己的肠胃，"君子通天下为一身"，处处珍惜呵护，发扬这种万物一体的天人合一观念，必能增进环保的公德心。

"民胞物与"的思想，就从万物一体的哲思而来，整个地球村里，吉凶祸福，是属于同一个命运共同体，一个国家任意砍伐热带雨林，要知道供应人类的新鲜氧气，有三分之二来自雨林。且雨林中许多长年蛰伏着的强悍细菌，近年已被惊醒，开始可怕地蠢动。一个工厂大量排放二氧化碳，要知道这将使全世界气温失序，冰山化解，科学家怀疑冰山下将释放出亿万年被冷冻的特殊细菌，令人类无药可医，并造成气象上的"圣婴"现象，暴风洪水的灾祸接踵而来。一种工业释放冷媒等废料，要知道将使臭氧层出现破洞，全人类将暴露在强烈的紫外线下被杀伤。害别人结果也害了自己，多想想人民都是手足同胞，万物都是生活伙伴，我要步步站得稳、活得好，别人及万物都要站得稳、活得好，这就叫作己立立人，己达达人，事事推己及人，多想想别人，去掉只为一己的私念，"天理""公德心"就会彰扬出来了。

自吹与务实

自从西方那套竞选促销的手法传入中土以后，竞选成了飞黄腾达的快捷方式，风气鼓煽，人人都学会自吹自擂。推销自己，展现自信，成为促销成功的梯阶；扬才露己，争取发言，变成表现自我的手段，这作秀的风气蔓延于政界商界，乃至演艺界、文艺界、学术界，究竟是对是错？是福是祸？还难断言，不过与中国人原本那套"韬光敛迹"不求人知的含蓄哲学，已大相径庭了。

中国人原本主张不要夸赞自己，因为"自夸则人必疑，自谦则人愈服"，自己谦虚地坐到后排去，主人会来请你坐前排上，很光彩；自己霸占到最前一排，主人来请你让到后排坐，就很没趣。所谓"自下者，人必高之；自高者，人必下之"，因此，自古以来中国人都认为喜欢炫耀自己的人很浅薄，教人懂得深藏，勿露锋芒，一切须等待别人的肯定与抬高，才有价值。深信"炫则见不足，藏则见有余"的人生哲理。又说"不足则夸"，愈是不足处才要自夸。中国人重视的乃是由长期累积德行才干所赢得的"德望""才望""清望"，这种"万民所望"的"身望"，极厚重、极尊贵、极务实，像乔岳干城，镇服人心，绝不重视靠一时吹嘘的海市蜃楼。

中国还有一句古谚说："虏自卖裘而不售，士自誉辩而不信。"牧羊人要夸卖自己身上穿的那件皮裘，不容易卖好价钱；士人称誉自己的才干辩才如何好，别人也不会相信。连父母称赞自己的儿女，也很难赢得别人的同感。

但自从引进西方的推销术、竞选术后，一切改为主动出击，什么"春兰如美人，不采羞自献"的矜持，已成为保守失败的代名词，不是春兰，都要设法"自献"，何况真是春兰？这种风气影响到艺文界，于是出版业大大讲究促销企划，作者自己也捧着大叠赠书奔走于广播公司"打知名度"，甚至一面演讲，一面卖书找零钱。风气使然，也不能说做法不对。

　　可是，别忘了，作家若只想出点名、赚点钱，这样做自然也可以达到目的，若想层次提升一些，要想真能留传后世，只搞宣传作秀是不够的。文章要传世，第一要才华，第二要学力，第三要人品。才华使文章奇气逸出；学力使写作有深度、能持久；而人品才真令世人所敬重。言发于心，心有所陶养，所写真是行为所体悟的，全属作者的"本色"，才是上乘之作。只靠文字之美而"偶合幸中"，只靠迎合读者而"阿俗媚世"，只靠会说故事而"言不顾行"，必然没有多久就会销声匿迹。文艺作家应记取"行不苦名不广""用功深者收名远"的古训，成败由千秋读者来决定，而不是由自己的营销策略来决定，你可以眼前捞一笔，绝不能向千秋历史去捞一笔！

　　金子没说自己很坚硬，火焰没说自己很灼热，但是谁会不相信？因为它有事实！文艺界乃至政界商界，我看还是务实一点，注重本身质量，少去作秀自吹吧！

譬之昨日死

　　有的朋友睡不着觉，在怨："就是禁不住嘛！一直要想。"他问我：为什么你能睡十小时？有的朋友劳心苦思为了赚大钱，有的朋友怨声载道为了谋职位，他们又问我：为什么谈到薪水，你总说够了够了？谈到职位，你总说哪里都一样？

　　我说我是从晓青和尚那边学到四句话，深深体会了。不过，这四句话，不能随便告诉别人，因为别人听了会生气，这四句话，只能告诉那些听后会欢喜的人。晓青和尚是这样说的："山僧有一语，世人不喜闻，譬之昨日死，万事如浮云！"假设自己昨天已经被埋葬掉了，今天是从棺材里面再看万事，样样像浮云一般，还有什么不能解脱放下的呢？

假设你昨天已经被埋葬掉了，你还在嫌住的阁楼太低矮吗？站起来碰撞头怨什么？比棺材里膝盖想弯一弯都不能，矮屋不是挺逍遥吗？

假设你昨天已经被埋葬掉了，你还在嫌酒菜不够好吗？山珍海味固然味美，野蔬薄酒，也各有不同的味觉美感，就恨不曾普遍地多尝尝，那穷巷里颜回所咬的菜根，难怪也如此香！

假设你昨天已经被埋葬掉了，牛在坟上践踏，马在骸骨上方撒尿，蝼蚁与蛆虫正在会商从手脚哪头吃起，就算你还裹着整齐的"五领三腰"寿衣，哪能比得上披一件破衫，仍在仙风道骨地游荡？

假设你昨天已经被埋葬掉了，你还在嫌送葬的场面不够气派吗？历史累积的名字堆里，名字早成了没意义的符号，是你是他有什么两样？默默无闻的更是一大堆，白骨如山，谁都如同无名氏，毁誉仍有意义吗？声名仍有意义吗？

假设你昨天已经被埋葬掉了，你与家人妻孥，忽然远隔到一个十亿光年的世界外，财富地位都记在哪本虚幻的账册上？家人帮不了你，你也关心不了他们，忽然两不相涉，永远无关，除了悔恨生前不曾多关爱别人一点外，还能施上什么力气？

假设你昨天已经被埋葬掉了，才懂得该把握的是眼前的金色时光，做什么百年的盘算？说什么千年的忧虑？全是多余的。懊恼过去，痴心将来，都不如珍惜今天来得真切，钱财地位，都不如昨夜的安睡与今朝的快乐！

假设你昨天已经被埋葬掉了，今天仍活着，真是上天特别的恩赐，无论吃多少亏，都是便宜的了，因为"今天"全是意外赚到的嘛！还让心利得像剪刀？还让情炽得像火焰？无论薪水几何，比起一文不名的死者，不是够多了吗？无论什么职位，比起一动不动的白骨，不是都一样快乐吗？

王者之师

　　大将左宗棠最喜欢听诸葛亮的故事，还以武侯自命，给友人的书札，常常自署"今亮"为别号；诗人杜甫，也最崇敬诸葛亮，也以武侯自期，称赞孔明是"万古云霄一羽毛"，好像中国人不分文武，都奉诸葛亮为心中的偶像。

　　在诸葛亮之前有张良，其后有刘基，这三个人扮演了同样的历史角色，尽管诸葛亮近申韩法家；张良近黄石公道家；刘基精于天文兵法近乎阴阳家，思想道术各不相近，但都成了中国知识分子衷心向往的人物，因为他们三位都是王者之师。

　　古今历史中，人品、节操、才干有如此相似的，真是少见。三位都有光明俊伟、倜傥磊落的器宇；三位都有超然神逸、不让富贵系住心志的见识；三位都有从草莽中崛起，争夺中原，辅佐英主成就帝业的才略；三位都从隐退的平民地位，凭智慧的"三寸舌"，运筹帷幄，安定江山，成为王者之师。如果说文臣是"股肱"，武将是"爪牙"，这三位王者之师，都是帝者的"腹心"。

这三位又都经过史实与传说的渲染，张良除正史记述外，更有黄石老人《素书》及赤松子的仙人事迹，诸葛亮是《三国志》的核心人物，经《三国演义》的夸饰，成了呼风唤雨料事如神的半仙，刘伯温也在正史及著述之外，经《烧饼歌》的传诵，成了中国命运的预言家，他们三位从历史舞台进入戏剧舞台以后，都出现了神化的色彩，在民间极受崇拜。

探讨这三位英杰，为什么受到后世最高的崇拜？这就触及了"中国心灵"的特殊处，原来"中国心灵"一向是崇拜"王者之师"胜于崇拜居帝位的权威者。孔子崇拜周公，以梦不见周公为憾，并没有去崇拜周成王，这就树立了中国知识分子的理想抱负。后人崇拜孔子，并不崇拜鲁侯周帝。数千年来，后人敬重张良，胜于汉高祖；敬重孔明，胜于刘备与阿斗；敬重刘伯温，也胜于明太祖。中国知识分子都想做王者之师，居辅佐的地位，而不是自己做皇帝。

　　然而在无数的"王者之师"中，为什么又以这三位最为杰出呢？这便更深入地触及"中国心灵"，因为中国人品论人物，是以"身死不辞"的受难者，与"功成不居"的隐士，两者合铸而成的人品，最受到礼敬。张良为韩报仇，椎击暴秦，可说是受难者；待到功成，辟谷自苦，愿从赤松子游，便是隐士。孔明高卧隆中，不求闻达，真是隐士，一朝许身国家，鞠躬尽瘁，便是受难者。刘基也是出身布衣，以讨贼为己任，待到天下盛平，不肯就任相位，死后焚尸扬灰，连个葬所都不贪。他们受难时宁静从容，隐退时淡泊潇洒，受难者是"提得起"，隐士是"放得下"，两者合铸而成的豪杰品格，就成为"中国心灵"中最受崇拜的人物。

谈见识

我常对大学生说：会不会读书不是最重要的，有没有见识才重要。有见识才有轩昂的气象，才有卓越的眼光。许多人有才华，未必有见识；有学问，未必有见识；有肝胆，也未必有见识。见识并不等于那些，见识是人生中的一点灵慧，乃是最难得也最可贵的东西。

有见识才能生出志向，见识低小，志向也就低小，见识能高超，志向才能高超。有了志向不一定会持久，转眼气馁，变成五分钟热度，所以先要有定识，才会有定力，定力产生一种气骨，气骨振作开张，才能坚固志向，将志向撑持长久而且坚定落实，所以志向乃是由见识决定的。

再则有见识才能生出气量，世上有气量的人，没有不是从见识中来的，见得远才能容得大，有"凌绝顶"的见识，才有"众山小"的气量，心中的见识不一样，说话时的音容笑貌都不一样，容涵华贵，全由见识中来。

有见识方能善驭才华、善用学问、善使胆力。李白很有才华，不一定有见识；扬雄很有学问，不一定有见识；韩信很有胆力，不一定有见识。有才华的人若没有见识，骤驰才华则多事，矜傲才华则多怨，恃弄才华则多祸，所以有才不能无识，无识还不如无才。学问与胆力也一样，无识的人有了学问与胆力，小则墨守冬烘，大则自贻祸患，识好比是一个主柱，有了见识，"才"可以尽情发挥，"学"可以步入正途，"胆"也可以格外坚定。俗语说"明目张胆"，要张胆，先须明目，所谓明目，也就是有见识呀！

见识一半是来自天赋的灵慧，一半也来自后天的历练，魏禧在《日录里言》中说：造就见识的方法，有三条途径，一是见闻，二是揣摩，三是阅历。

"见闻"大概是包括"行万里路，读万卷书"，识力当然与读书有关，人多读书多游历，见识自然长进，所谓"博识"就是要眼界宽阔，见多识广。

"揣摩"大概是包括穷理明道、反省自勉的功夫。穷理可以令见识高超，专业的知识无不促进见识。再则"看自己是何等人"也很重要。古人认为"学问之道，志高者通"，明道的人，见识当然高，学问关键在志高，却并不一定在书本上。

"阅历"大概是包括处世、做事、识人等，处理难以摆平的事，当然增长见识；调停难以调解的人，当然练就气量，向阅历丰富的老成人去咨谋问道，往往会有出众的见识。

然而见识是因"有德"方能通达无碍的，没德的人，见得到不一定做得到；即使目光犀利，见识正确，苦于天理战不胜人欲，意气不听命于心志，也是徒然的。必须有德性，才有果毅的力量来贯彻不凡的见识，所以才识学德，相辅相成，德还是根柢呢。

谈器量

　　人有一分器量，便有一分气质；人多一分器量，便多一分人缘。所以涵容大度是平心静气的好方法，也是待人接物的第一法，对人或对己，益处极大。器量虽说是天生的，也可以后天学习培养的，多读读历史上的名人故事，多想想自己的心胸怀抱，就懂得如何学习"养量"。

　　有器量的人不在乎小冒犯，宋代的韩琦率兵驻守于定武，夜晚在帐中写军书，一个卫兵手持蜡烛侍立在旁，卫兵心不在焉，烛火居然燃着韩琦的胡须，韩琦赶快用袖子扑打烧焦的胡子，没说一句话，继续不停写军书，过了一歇回头看卫兵，刚才那个已经被换走，替换了另一个卫士手持着烛火，韩琦深恐刚才大意犯错的会受到队长的鞭笞，连忙召唤队长说："不必换人，不必换人，刚才的那位已经学会怎样拿蜡烛了！"全军都佩服韩琦的器量。

有器量的人不在乎小损失。韩琦镇守大名时，有人献给他两只玉盃，是从古墓中发掘出来的，玉光瑛瑛，表里无瑕，真是宝物。一群宾客正在赏玩叹美时，却被一位冒冒失失的客人触倒，两只玉盃一齐打碎！大家都很惊愕，冒失的客人则伏在地上请罪，韩琦神色如平常，笑着对大家说："每样东西的成或毁，都有个时数的，他不太小心，但不是故意的，没什么可责怪呀！"韩琦安详的态度、宽大的器量，终于成了有名的宰相。

有器量的人不计较小恩怨，汉高祖刘邦不计较韩信的逃亡，还筑坛公开拜韩信为大将。刘邦也不计较陈平贪收黄金，教陈平去办事时反而一掷四万金给他，疑都不疑，这种器量，早就气吞项羽了！周朝的管仲，曾经是齐桓公的敌人；唐朝的魏征，也曾经是唐太宗的敌人，都是侯王不念旧恶宿怨，才能化阻力为助力，成就了大事业。

器量是可以学习的吗？有人问过夏原吉，这位以"量"见称于时的夏文靖公答道："我小时候有人侵犯我，我都会发怒，后来学习忍，先从脸色上忍，再从心底下忍，久了就自然成熟，不与别人计较了，'量'哪里不是学来的呢？"可见"养量"先从内心做起，先学耐烦忍受，再慢慢扩大范畴，像"练兵由少而多"一样，至于养量的方法，夏公也说："处有事只当是无事，处大事只当是小事，凡事内心镇定不动，若遇事就先张皇失措，心浮气躁，内心无主，就难以有容量了！"

　　夏公讲的镇静功夫近乎"器局"，养量的方法依我看，第一是"意自满者，其局量必不大"，所以要戒骄满。第二是要做到"见人一善，忘其百非"，只看见别人缺点看不见别人优点的，无法有器量。第三是要做到"不为不如意事所累"，不如意事来临时，能泰然处之，不为所累，这就完全操纵在你了，操纵得成熟时，虽不能事事如意，但器量已经养大了。

谈节俭

春节前总想使家里有点新的感觉，妻觉得家里的饭桌已用了十年，该换张新的了。可是旧的十角桌，没破没歪，当垃圾丢实在可惜，想托家具行代运去屏东娘家，老板说运费要五千元，索价不亚于新买的价钱，妻正在皱眉头，却听那老板笑呵呵地说："这年头用腻了就丢掉，哪有再运送的道理！"

"用腻就丢！""留在家里占空间，空间更贵呀！"这些时潮的观念，和古来惜物惜福的节俭美德有些冲突，中国向来是以"勤俭"立国的，今天对这立国根本的美德，应做一番省视了。

所谓节俭，并不是吝啬琐细的事物，而是遇到日常的事物都抱着不敢暴殄天物的珍惜心意，凡居处、饮食、衣物，都要使"物尽其用"，就个人享用而言，不敢过求奢足，明白欲望无穷，要加以节制。

在明人徐榜的《宦游日记》里，说节俭有四种益处：节俭的人不贪不淫，可以养德；节俭的人淡泊慎用，可以养寿；节俭的人肠胃清虚，可以养神；节俭的人无求无辱，可以养气。反过来说，奢侈易流于贪淫，侈用易流于短竭，醉饱易流于神昏，贪求易流于愧辱。就这四点来说，节俭真是美德，并不因观念的改变而显得陈旧。

古人谈节俭，也有所谓"五不俭"，有五件事必须称力而作，不能节俭：譬如事奉亲长及祭祖，不能俭；为逝者治棺椁，不能俭；为子弟敦请良师益友，不能俭；有病求医药，不能俭；救恤亲旧的急难，不能俭。"不能俭"的都是待人接物用的，可见所谓俭是指个人自身的享用。

现代人爱穿名牌衣服，戴劳力士金表，开进口名牌汽车，处处表现"爱现"的习性，是和节俭的美德背道而驰的。古人劝少年郎，不要怕被别人说"小气"，说"吝啬"，其实那才是"美名"呢，不必避讳，不必耳热脸红，更不必因别人的"激将法"而慷慨挥霍。因为你若以"豪爽"出了名，事事豪爽，有一件事不豪爽，就生了嫌怨；你若以"周到"出了名，人人照顾，有一人不周到，就令人起疑。倒不如平素就以节俭吝啬见谅于人，岂不省下无穷的物力？减少无谓的嫌怨？"小气鬼"在处世时最省力气，"爱现"的人到处惹人衔恨眼红，有多累呀？

当然，现代人谈节俭，应不止限于财物方面，像省语言笑谑、省无聊的信件与聚会、省排场浮华、省盘算妄想，自然可以聚精神而息烦恼，这些也都是人生节俭的课题之一呀！

谈同情

电视播出南部钓鱼场流行"挫鱼"游戏，是一种新的休闲"乐子"，嫌钓鱼太文静，不够刺激，就流行以铁钩直接钩击，你一钩我一钩，钩得小池内无处逃生的鱼，创痛遍体，血肉模糊，终于铁钩洞穿肠腑，捞了上来，"挫鱼"者以此为乐。这游戏引起许多人的反感，想不透为什么会有人陶醉在这种残忍的感觉中？

反感是起于同情恻隐之心，这就是天地的心，也正是天理的一部分，天理充塞于宇宙，恻隐之心也遍布于每个人，不会灭绝的。那么为何有人会以残忍的挫鱼为乐呢？

分析人心残忍的由来，大抵分两种，一种是受了苦难的怂恿，自以为在受苦中的人，就最喜欢折磨别人。许多做坏事的人，总认为社会对不起他，社会不公，使他钱不够多，权力不够大，不被重视，他受亏待，所以要抢要杀。

另一种是受了欢乐的怂恿，欢乐常常类似罪恶，罪恶有时也貌似欢乐，畋猎赌博所以会使人心发狂，就是欢乐与罪恶难分的缘故。古罗马亡国前，喜以徒手的囚犯与猛兽搏斗，制造贵人们观赏的爽快；中国的夏桀殷纣，以铁弹射人为乐，以炮烙烤人为乐，都是在酒池肉林的乐趣仍无法满足时，更上层楼，发现快乐需建立在别人的痛苦上，权力需建立在别人无法反抗的残忍上。据此分析，"挫鱼"的盛行，显然属于后者。

但"挫鱼"的镜头一播出，便激起了广大的同情心，同情心就是天理。古人说："一念反躬，便是天理。"只要肯反躬自省，将心比心，假如我是他，那会怎样？从前苏东坡最嗜好吃螃蟹，但自从他由牢狱出来后，看见被草索扎紧了螯脚的螃蟹，或在笼篓的孔洞中吐沫吹泡的螃蟹，就想到被黑索桎梏捆绑着的自己，蟹与自己有相同的遭遇，有同等的无量怖苦，竟再也食不下咽，从此便禁食螃蟹！苏东坡是反躬自省到"假如我是它"，便动了同情恻隐之心。同情心是人类最可贵的宝贝，它起源于人的自爱，人不自爱，就不会爱人，能自爱爱人然后才及于爱物。自爱的人才会把别人别物，随时随地都当作自己的头目手足一样，设身处地带着悲悯之心，所谓"天人合一"，所谓"民胞物与"，都是借着同情心作为人心与天理互通的桥梁。

谈性急

世界资源愈开发，人类脚步的节奏就愈来愈快，脚步嫌慢，代之以车轮；车轮嫌慢，代之以机翼；机翼迟早仍将嫌慢，代之以太空飞行器与电传，但愿这种替代，只是教我们接受新的事物，扩大活动范围，而不是教我们消失耐性。

事实上，电话普及以后，情书的佳作便减少，浓情蜜意等不及蓄积深蕴为一字一句，就发而为直接浅率的对答，爱情也成了"速食面"；复印拷贝普及以后，抄写的工夫便减省，经典巨著等不及好学深思者手到心到，就叠成一大堆印刷垃圾，书最好是"十句话""一分钟点金术"！显然，进步的脚步已让人类愈来愈性急，可能导致耐性全失！

这样脚步愈快、性子愈急，未必是人类之福。依据宇宙的原理，急切躁动的事物，总会短促地陨落，所谓"操切者寿夭"，而纡徐柔和的事物，总会久长些。

有人拿山的形势来比喻，崇峻陡峭的山，草木就不茂；拿水的流速来比喻，湍急浅洩的水，鱼虾都不生。扩而广之，暴涨的狂澜，撑不过三天就退潮；猛骤的风雨，下不过一个早晨就止歇；不停鞭策着的马，奔跃不到一千里；紧催的歌曲拍子，急唱不了一百板……更有人拿笔墨砚三物来做比喻，笔比墨躁急，笔所以短寿；墨比砚躁急，砚所以长命。砚台可以用好几世，墨只用几个月，笔则只须几天就锋芒磨秃了！所以古人有作砚铭来警戒自己道："缓且厚，汝必寿！"都比喻性子急对人生并无益处。

更何况用性急的态度去办事，常常忙中有错。静心观察一番，自然减少过失，所谓"缓则得，急则失"。凡事求速，容易造成心的毛躁，急迫地做决定，往往缘于己见太深。能多一点耐心，听听别人的意见，熟思缓处，事的情理才显现，事的处置才妥当，所谓"事缓则圆"的古训，也不是全无道理。

而我觉得现代人性急的最大坏处，乃在享受不到生活的情趣，匆匆吃饭，慌慌赶路，美酒竟然用牛饮，奇境偏只能暂游，最可怜的是："积学"变成了恶补，"深情"变成了浅语。急忙之中，只有愤乱，唯有在静缓之中，才生情趣，才生智慧。因此，在各种新生事物眩眼伤神之际，最好仍能维持一颗优游不迫的心。偶尔抛下讲求效率的急性子，才知道忙碌是如何地"耗神"；偶尔抛下虚泛的交际酬应，才知道优闲是如何地"养神"，要享受生活，欣赏生活，非把脚步节奏慢下来不可，听松对弈，傍柳垂竿，花底填词，狂来放歌，古典的情趣自是无限，现代人一急促就什么意趣全没了！

谈恒心

我听夏汉民校长说起他出国留学，是受了一位学长的启发，有一天他在公共汽车上遇到一位准备留学的学长，向他大谈留学的好处，触发他强烈的留学意愿，但当他留美学成归国时，这位大谈留美好处的学长居然尚未出国呢！

"空谈"与"实际行动"之间，需要耐心恒心，最怕"五分钟热度"，热度高时问这问那，热度一退，两脚还在原地。古人有"朝朝问路，岁岁不越阈"的谚语，天天向人问远行的路要如何走，却年年仍待在老家中。

要克服"五分钟热度"，就得提倡有恒。

我担心的是近年来股票抢短线、理财求暴利，甚至贩毒掳人以谋一夕致富，种种投机风气，都打击人的"恒心"，都令人无法做长期稳靠的打算。说不定坚忍持久的人，早被人视为冬烘笑话呢！天天在"这山望那山高"的比较中谋转业，把中国民族性里"五分钟热度"的弱点蔚为风尚，这才是该加强心理建设的一环。

"有恒"应该是这个"轻薄短小"社会风气中的一帖良药，成语里"檐溜穿石""磨杵成针"的故事也许太悠久，"愚公移山""精卫填海"的故事也许太神话，但是孟子辍学时，孟母把织布机上的织丝割断，明白地表示没有耐心恒心将一事无成，这个故事仍该记取的。

在中国的类书里，常把"勇毅"列为民族美德的一格，却很少把"有恒"列为一项德目，但是勇毅是有为果决，乃是开创新局的条件，若缺少"有恒"就不能持久而抵于成功。

且看历史上的项羽，足够列入"勇毅"的一格，但最后并不能成功，他在与刘邦争霸天下时，两位英雄的龙蛇缠斗，看似斗力斗智，其实是在斗耐力，他的失败在于耐力不够。项羽年少的时代，《史记》这样写他："学书不成，去，学剑又不成，学兵法，略知其意，又不肯竟学……"每学一样东西都不成，每样都"略知其意而不竟"，凡事只有五分钟热度，推说"书"只能记些古人的姓名，没意思；"剑"只能敌一两个人，也没意思，借口一大堆，就是缺乏恒心。这种个性，才是决定命运的真正关键。

古人说"观人必于其所业"，年轻时怎样学习的态度，怎样从事本职的态度，早就决定了一生的成败！

子路也是"勇毅"的典型，子路曾向孔子求教，问为政当首先注意什么事？孔子就说"先之劳之"，认为一切以身做示范最要紧。子路又问"还需更多的条件吗？"孔子又教他说"无倦"！无倦是要他不可"新官上任三把火"，要持恒而不倦，勇毅者的缺点往往是"其进锐者其退速""志锐初而力怠终"，勇毅而能贯彻始终才能成功。

中国的先民最早鼓励"有恒"，《易经》就有"恒"卦，勉励君子要"立不易方"，一切事务必须"久于其道"才有成功的机会，甚至有"不恒其德，或承之羞"的说法，无恒的人会与羞辱在一起。

另外周代已有"人而无恒，不可以作巫医"的谚语，这话受到孔子的称颂，古人的医术知识是靠经验累积而来，做医生的若不是三代相传，经过千万个临床病例，他家的医术常被怀疑为误诊，所以才有"医不三世，不服其药"的警惕语。

无恒百事不成，谁的成功不是靠恒心呢？

谈美人

美人，无论是外在的沉鱼落雁，或是内在的蕙心兰质，在中国的文艺中，美人实在是"理想"一词的化身。她往往不只代表肉体曼妙的绝代倾城，而常象征着一个令人企求而又无法蹴及的超绝境界。

《离骚》里"恐美人之迟暮"，美人是政治理想的象征；《诗经》里"所谓伊人，在水一方"，伊人是道德理想的象征；曹植《杂诗》中"南国有佳人"，佳人是自我完成的爱；阮籍《咏怀诗》的"西方有佳人"，这佳人看似实质，却极空灵，写得流盼动人，飘遥恍惚，实在是人间最高理想的象征。而柳永的"为伊消得人憔悴"，辛弃疾的"众里寻他千百度",这"伊"与"他"被王国维解释为古今大事业大学问的层次阶进以后,美人又变成一切事业学问的光辉目标了!

所以"美人"在中国文艺中,她不仅是政治家的"道",道德家的"道",更是艺术家的"道",一切艺术的美与善,似乎都是用美人来比喻最为适切。

有人把"书"比作美人,珍爱的书一买到手,用锦缎做函套,用宝石象牙做牙签,就像把"二乔"锁进春风铜雀台里,也像把红颜贮进金屋中,情有独钟,恃娇专宠,如何忍心随意出借?岂不像派遣她弹着琵琶出塞和番去?所以好书在掌上,在枕前,殷勤地把玩,不只是虚拥着一个抽象的美,而是内心万分的珍惜,甚至为她神魄萦绕,手不忍释,看来好书像极了美人。

有人把"画"比作美人,说看画就像看美人,要注意肌肤之外的风神骨相,如果只看画得像不像,画得是不是事实等,那就根本不懂得赏画,不懂得欣赏一位美人在停匀的骨肉之外的那种天真的风采神韵。

有人把"诗"比作美人,好诗有的像南威,有的像西施,各有动人之处,尽管色彩有鲜淡,丰姿有妍庄,但天致人工,各不能相借代。然而诗的法则,在不定之中却有一定，就像美人的眉毛眼睛，如何可以黑白相反？你如果创造一种"古今未有之丽"，必然把人"骇走"！

有人把"茶"比作美人，苏东坡就说："从来佳茗似佳人。"好茶叶品尝时，不能像桃脸柳腰，充满着金帐中的脂粉气；好茶叶品尝时，最好像散花天女，带点烟霞中的仙山灵雨。要不然，也得是天生丽质的柔荑的手与秋水的眸，她和山林泉石放在一起，是非常调和的冰雪心肠，而不是膏油粉面。至于有人把一壶茶初泡时比作婷婷袅袅的十三余姑娘，再泡是碧玉破瓜的十六七姑娘，三泡是绿叶成荫的妇人，这样的比喻就太粗俗，失去秋水涓涓中那份沉思哀慕、引领徘徊的趣味了。

美人不能沦落，对美人的仰望，是追求一切"理想"的起点。

识人

有一句老生常谈的话：不识字能吃饭，不识人就不能吃饭。认为立身处世，"识人"比"识字"还重要。要想识人，最基本是要懂得观人。

"观人"最直接简易的方法是"相面"，善有善相，恶有恶相。中国人可能是世上最早讲究看相术的，汉朝初年就有人替刘邦全家看相，贵不可言，也替韩信相背，教他背叛就贵不可言，这种以貌相人，常常产生许多错失。

到了魏代初年，刘劭的人物志，以五行五质，分人为筋骨血气肌五类，金型的人"筋劲而精"做事勇敢，木型的人"骨植而柔"秉性弘毅……如此观人，只能看见人的类别才性，想由此而窥测心事的善恶，还远不如先秦时孟子教人从眼神中去了解心事来得精准呢！

"口吻目睫"，本来是最好观察人的地方。新任一个职位，不问利弊兴革，只问升迁的途径，有谁照管，有谁阻抑，就明白这人心志的卑下了。批评一件事物，只看到缺点毛病，对其优点长处，不问不闻，就明白这人的刻薄无情了。大体上说，言辞隐约纠缠的人，胸中常不可测；言谈爽直认真的人，胸中青天白日，识人必先善于听人说话。

当然，人是难以了解的，真正贤俊的人，也许被人批评"狂"，真有独见的人，也许被人批评"不智"，所以要观察人，最好从私下多方面留心。《汉书》杜钦传里主张从六方面看：当他显达的时候，观察他提拔些什要人；当他富有的时候，观察他怎样花钱；当他穷困的时候，观察他哪些事是"不为"的；当他匮乏的时候，观察他是否坚守"不取"的原则；和他接近时观察他日常做什么事；和他远离时观察他主张些什么事，这六方面可以决定人品。

人是善于伪装的，在泛泛之交时，觉得他温美可亲，一旦共事面临切身利害，奸狡才豁露出来。也有听他说话真是肝胆相照，一旦付诸实际行动，就面目全变了样。所以观察人最好与他有过金钱上的往来，就明白这人的好歹；有过事业上的挫折困顿，就明白这人品格的高低。更有人主张同他一齐喝酒，三杯下肚，原形毕露；喝酒仍不露原形，同他一起赌博，几番胜负，脾气丑态，无不裸露；赌博仍不露原形，同他到有异性美色的地方，酒色财气之中，没有狐狸不显原形的。

"恣之以财、醉之以酒、临之以色"，以及长时间的观察固然重要，短时间的"乍见"也不可放过。当我和他还两不相识，他对我没有遮掩，我对他没有成见，一种"真相"，在瞥然初见的一刻，忠厚险奸，常常在毫不防备矫饰的时刻，一览无遗。所以有人主张"观人之法，莫妙于初见"，这是说不经意的第一个印象，也是极重要的。

再谈识人

谈到识人，明人宋瑾的"观人法"值得向大家介绍，他主张观人不限于举止动静之中，要观人于形神气色之外；观人不要在刻意矜情之际，要在轻忽而不及自恃之时，这才能识人之真。他的观人法分为视瞻、言语、喜怒、气度、作止、交接、食息、存心八方面：

视瞻尊严，气静神凝，望之俨然可畏，即之蔼然可亲是最好的，其次是视瞻平正，神气冲和，好像思虑得很深却又淡然有世俗之外的趣味。至于眼光闪烁，气宇深沉，带点肃杀之机的，是厉害的坏东西。瞻视无常，神气散乱，远无可观，近无可矜的，是不入流的家伙。

言语很浅近而含意却深远，简洁而清越，隐恶扬善的口吻极自然，一股温厚和平之气发自他的天性，是最好的。其次是语言拘谨，不苟嘻笑，不夸己之长，乐道人之善，不掩饰自己的过错，不讦露别人的隐私，也还不错。至于议论风发，旁若无人，总往坏的角度深刻探索，从不检讨自己的，是厉害的坏东西。言语没秩序，辞句多而内容少，常随着别人的意思转变，听到别人私隐暗昧的事，津津有味，牢记不忘的，是不入流的家伙。

喜怒不露，宠辱不惊，处危难而性情闲畅，是最好的。其次是怒而不过分，喜而不失态，不为未成事实的荣枯而欣戚。至于喜怒全由私情，恩仇分明，党同伐异，执拗骄纵的，是厉害的坏东西。说他对就喜，说他错就怒，一闻声就骇动，八字没一撇就神采飞扬，是不入流的家伙。

气度汪洋，用意忠厚，有识见，能决断是最好的。其次胸襟稍狭，禀性耿介，但能廉洁自好。至于能憎能爱，多疑多忌，难事说得容易，自恃才干妄作胡为的，是厉害的坏东西。小得小失就大惊小怪，是不入流的鄙吝之徒。

作止稳健，步履安详最好。其次是见荣显的人或见寒微的人，步履就不自然、不一样。至于在众目睽睽之下，步履庄严，但在不经意的动作中，终有骨软臀蹲的模样，或是手足屡摇，肩背均忙，显得举止失措的，多为小人。

与人交接，平淡而长久，不多挥霍却能耐人寻味，是最好的。其次是表面上与人落落寡合，却能不失分寸，常有气味相投，始终不渝的朋友。至于外貌相亲、内心无情，对贵人便风驰雨骤，对老友却脱兔惊鸿，是厉害的势利东西。更有不供养父母，专结交豪友的，不协助兄弟，却捐款佾庙的，亲疏反常，是不入流的家伙。

饮食寝处，淡泊宁静，不计穷达，安顿自然，是最好的。其次就是能安于命的，凡事但求不奢不俭，寤寐皆安。至于过于奢侈，不近人情，或者做客则狼吞虎咽，做东则吝啬小气，都是不入流的家伙。

存心善良，阴行善事，是最好的。其次是多点儒家素养，有个宗教信仰也不错。至于外表宽容，内心忌刻，小事则干求别人称誉，大事则不惜忍心害理，专门害人利己，是厉害的坏东西。还有自私自利，根本没有宇宙社会的观念，又自暴自弃，无所谓存心不存心，春秋鼎盛而志气堕落，是不入流的家伙。